옐로우 시티

옐로우
시티

서 경 희 연 작 소 설

문학청연

SB에게

차례

망고

"사랑은 판도라의 상자와 같아서 격정적인 사랑, 질투, 독점욕, 미움, 원망 같은 감정이 먼저 나타나고 진실한 사랑은 가장 나중에 드러나."

응급실에서 겨우 의식을 찾은 망고가 웅얼거렸다. 전경의 방패에 찍힌 이마에선 여전히 피가 흘렀는데 바람막이 점퍼는 지혈에 아무런 도움이 되지 못했다. 부상자는 쉬지 않고 응급실로 밀려들었고 망고의 진료는 계속 미뤄졌다.

"옐로우시티에 다녀왔어. 내가 거기서 누굴 만난

줄 알아?"

"쉿! 말하면 피가 더 나와. 상처부터 봉합하고 꿈 얘긴 나중에 해."

응급실을 나온 건 이른 새벽이었다. 우리는 빌딩 사이로 어스름하니 밝아오는 여명을 말없이 쳐다봤다.

"해장국이나 먹으러 가자."

망고를 데리고 24시간 영업하는 기사식당으로 들어갔다. 테이블에 앉아 수저를 챙기는데 망고가 아까 응급실에서 하다 만 말을 다시 꺼냈다.

"옐로우시티는 이승도 저승도 아닌 제3의 세계야. 생전에 사랑을 이루지 못한 영혼들이 그곳에 모여 살아."

망고는 비비안 리를 그곳에서 만났다고 주장했다. 비비안 리는 머리털이 하얗게 센 할머니가 되어 걸음도 제대로 걷지 못했다.

"말도 안 돼. 비비안 리는 오십 대 초반에 죽었어."

"비블링, 내 말 좀 들어봐. 옐로우시티에서는 자신이 죽은 걸 몰라. 그러니 계속 나이를 먹을 수밖에."

비비안 리는 조현병을 앓는 것처럼 매 순간 다른 사람으로 돌변했다. 안나 카레니나가 되어 어머니를 만나러 가서 돌아오지 않는 브론스키를 기다리다가, 블랑쉬로 빙의해서 권총을 입고 물고 자살한 그녀의 첫사랑 아란을 찾다가, 모래를 한 줌 쥐고는 저물어가는 석양을 노려보며 '내일은 내일의 태양이 떠오를 거야.'라고 연극적으로 외쳤다. 갑자기 비비안 리의 눈에 두려움이 가득 찼다. 손가락을 파르르 떨더니 '로이, 로이, 날 용서해줘요.'라고 외친 후 옐로우 브리지에서 투신했다. 순식간에 일어난 일이라 망고도 어떻게 막을 방법이 없었다. 잠시 뒤에야 그것이 〈애수〉의 한 장면이었다는 것을 기억해냈다. 망고는 멍하니 그 자리에 서 있었다. 좀 전에 일어난 일이 믿기지 않았던 것이다. 얼마 지나지 않아 로이를 부르며 다리난간을 향해 절뚝이며 뛰어가는 비비안 리를 또 보게 되었다. 비비안 리의 열성적인 팬이었던 망고는 이번에는 기필코 그녀를 구하고 말리라 다짐했다. 망고는 전력 질주해서 다리에서 떨어지기 직전 비비안 리의 팔을 잡았다. 검버섯과 잔주름으로 뒤덮인 비비안 리의 얼굴은 눈물로 번들거렸다.

  -정신 차리세요. 당신이 평생을 사랑한 사람은 브론스키도 레드 버틀러도 로이 크로닌 대위도 아니에요. '로렌스 올리비에가 없는 긴 생을 사느니 그와 함께하는 짧은 생을 택하겠어요.' 당신이 한 말 기억나세요?

  -래리는 나를 버리고 서른 살이나 어린 여자에게 가버렸어. 나는 그를 위해 나의 유일한 피붙이인 수잔까지 버렸는데.

  비비안 리는 분노로 온몸을 떨더니 다리난간에 머리를 찍기 시작했다. 이마에서 피가 흘렀다. 망고가 말려보았지만 비비안 리는 자해를 멈추지 않았다.

-로렌스 올리비에는 당신을 진심으로 사랑했어요. 여든을 넘긴 로렌스 올리비에가 당신이 출연한 영화를 보고 눈물을 흘리면서 '그건 진짜 사랑이었어.'라고 고백했다는 건 당신의 팬이라면 누구나 알고 있어요.

그 순간, 비비안 리의 몸은 고운 가루로 산산이 부서져 바람에 날아가버렸다.

해장국을 한 숟가락 떠먹은 후 망고가 말했다.

"진실한 사랑은 죽은 후에야 알 수 있는 거야."

촛불문화제에 참가하겠다고 집을 나갔던 망고가 사흘 만에 돌아왔다. 먼치킨 고양이를 소중하게 품에 안고 있었다.

"전경버스 아래에 숨어서 떨고 있길래 데려왔어."

여러 날을 굶었는지 먼치킨은 몹시 지쳐 보였다. 나는 먼치킨에게 먹일 우유를 챙기며 동물병원이 어디에 있었는지 생각했다.

"눈은 왜 그렇게 부었어? 또 광장에서 울고 다녔던 거야?"

망고는 민망한지 뒷머리를 긁적거렸다. 그는 원래 눈물이 흔했다. 처음 만났던 날도 울고 있었지, 아마. 햇살이 눈부셔서 눈물이 난다는 망고에게 내가 쓰고 있던 선글라스를 벗어 주었다. 망고를 처음 만난 것은 캠퍼스 근처의 고깃집 앞에서였다. 여름 방학이 시작되고 며칠 지나지 않았을 때였다. 그때 나는 사귄 지 두 달 된 선배와 함께였다. 선배는 이렇게 더운 날 고기를 구워 먹는 것은 미친 짓이라고 했지만 결과적으로 숯불에 구운 꽃등심을 가장 많이 먹었다. 영화과 학생이었던 망고는 자신이 찍을 단편영화에 출연할 실제 연인을 찾고 있었다. 선배는 좋은 추억거리가 될 거라며 적극적이었지만 나는 영화 출연이 영 내키지 않았다. 고기를 다 먹고 나서야 우리가 오늘 먹은 고기가 출연료 대신이었다는 것을 알았다. 그 후, 우여곡절 끝에 촬영에 들어갔지만 영화는 완성되지 못했다. 영화를 찍는 도중 나는 선배와 헤어졌다. 그리고 망고를 만나기 시작했다. 선배와 헤어졌기 때문에 망고를 만날 수 있었던 것이지 망고 때문에 선배와 헤어진 건 아니었다.

내 눈치를 보던 망고가 말했다.

"먼치킨 하룻밤만 재워주자. 내일 동물보호소에 보낼게."

"싫은데."

"비블링이 고양이 털 알레르기가 있는 건 나도 알아. 하지만……, 어떻게 하룻밤만이라도 안 될까."

"안돼. 난 이 아이 아무 데도 안 보낼 거야. 내내 같이 살 거야."

긴장해서 굳어 있던 망고의 얼굴이 환해졌다. 한편으론 내 건강이 걱정되는지 작게 한숨을 내쉬었다. 그러면서 어떻게 하면 알레르기가 있는 나하고 먼치킨이 공존하며 살 수 있을지 여러 가지로 궁리했다. 원룸에 짐이 너무 많다는 게 망고의 진단이었다. 더블 사이즈 침대는 원룸에서 가장 부피가 큰 가구였다. 영화 관련 자료를 담은 상자 여러 개가 한쪽 벽면을 차지했다. 망고가 십 대 시절부터 사용해오던 물푸레나무 책상과 책장은 튼튼하고 예뻤지만 그 역시 공간을 많이 차지했다. 베란다를 차지하고 있는 중고 런닝머신은 보기만 해도 답답했다. 이제부터 먼치킨과 같이 살려면 무엇보다 청소가 중요한데 짐이 많다는 건 여러모로 불리했다. 그리고 지금 상태로는 캣타워는커녕 고양이 화장실을 만들 공간도 없었다.

"비블링, 이 아이 이름을 지어줘야지."

배부르게 먹고 목욕까지 마친 먼치킨은 잠이 들었다. 나는 손수건을 사 등분으로 접어 먼치킨의 몸을 덮어주었다. 작은 수건이 몸을 다 덮을 만큼 먼치킨은 작았다.

망고가 말했다.

"링링 어때. 리틀 비블링이란 뜻으로."

망고는 나를 비비안 리의 애칭인 비블링이라고

불렀다. 비비안 리는 나도 좋아하는 배우라 처음에는 크게 개의치 않았다. 하지만 아무리 오래전 작고한 영화배우라 해도 이럴 때는 질투가 났다.

"넌 비비안 리가 그렇게 좋아?"

그런 거 아냐, 라며 망고는 뒷머릴 긁적였다. 그러더니 먼치킨 이름을 짓는 건 전적으로 내게 맡기겠다고 했다. 내 눈치가 보이는 모양이었다.

"음……."

나는 쉽게 이름을 정하지 못했다. 거리에서 외롭게 지냈을 먼치킨에게 아주 멋진 이름을 지어주고 싶었다. 그렇게 하는 것이 먼치킨의 상처를 조금이라도 보듬어주는 것이라도 되는 것처럼.

"좋은 이름 지어주고 싶어. 그러려면 시간이 좀 더 필요해. 일단은 먼치킨이라고 부르자, 우리."

망고가 동의해주었고 먼치킨의 이름은 임시로 '먼치킨'이 되었다. 코가 간질간질하더니 재채기가 연속해서 다섯 번이나 나왔다. 알레르기가 시작되는 징조였다. 내일 당장 피부과에 가서 약부터 지어야겠다.

다음 날 망고가 재활용센터에 전화를 걸었다. 러닝머신, 책상과 책장, 침대가 있다고 했더니 금방 오겠다는 답이 왔다. 망고는 마지막으로 러닝머신을 뛰었다. 재활용센터 사장이 초인종을 누르고 나서야 망고는 러닝머신에서 내려왔다. 물건값 흥정은 금세 끝났다. 사장은 망고가 수집하고 있는 비비안 리 관련 자료를 탐냈다. 절판된 서적, 오래된 영화 포스터, 비디오테이프, 비비안 리의 젊은 시절 사진 등이었는데 러닝머신이나 물푸레나무 책상과는 비교도 안 되는 높은 가격을 제시했다. 망고는 돈을 떠나서 팔 생각이 없음을 분명히 밝혔다. 사장은 몹시 아쉬워했다. 처분한 물건을 나르던 사장이 매트리스는 재활용이 안 된다고 하면서 프레임만 들고 갔다. 짐이 빠진 원룸은 휑했다. 행거 아래에 몸을 숨기고 있던 먼치킨이 사장이 사라지자 야옹, 하고 울었다. 우리는 중고 물건을 팔고 받은 삼십만 원을 들고 먼치킨에게 필요한 물건을 사러 나갔다.

　일주일에 하루 패밀리 레스토랑 아르바이트를
쉬는 날이었다. 망고가 광장으로 사람을 찾으러 간
다기에 따라나섰다. 나는 데이트를 하고 싶었는데
망고는 그렇지 않은 모양이었다. 그의 머릿속에는
최근에 동기들과 시작한 단편영화 생각뿐이었다.
주인공으로 적역인 여자를 우연히 광장에서 봤는
데 그만 놓쳐버렸다는 것이다. 망고는 그것이 아쉬
워 시간 날 때마다 여자를 찾으러 광장에 나갔다.
　지하철역은 사람으로 붐볐다. 얼마나 사람이 많
은지 의지로 걷는 게 아니라 사람들한테 떠밀려 흘
러가는 기분이었다. 광장에는 사람이 더 많았다.
망고하고 나는 헤어지지 않으려 손을 꼭 잡았다.
　"오늘 무슨 날이야?"
　"촛불문화제 있잖아."
　"또?"
　나는 뒤늦게 말실수한 걸 알고 입을 닫았다. 망

고는 카메라를 들고 집회 현장을 쫓아다니는 것을 사명감으로 여겼다. 망고는 여자를 찾는 게 먼저일까 아니면 집회 참여가 먼저일까. 나는 고개를 돌려 망고의 옆얼굴을 쳐다봤다. 일전에 전경의 방패에 찢어져 생긴 흉이 여전히 이마에 남아 있었다.

"일단 편의점부터 가. 촛불문화제 시작하고 사람들 몰리면 편의점 물건 완전히 동나서 생수 한 병 구하기 힘들어."

우리는 편의점 방향으로 몸을 틀었다. 사람들의 물결을 역행해서 걷는 건 힘든 일이었다. 연어가 강물을 거슬러 오르는 건 이것과는 비교도 안 되게 힘든 일이겠지. 한참을 고생해서 겨우 편의점에 들어갈 수 있었다. 생수 여러 병과 간단한 간식거리를 사서 배낭을 채운 망고가 불쑥 생수 한 병을 내밀었다.

"금방 목마를 거니까 한 병 다 마셔. 그리고 화장실도 여기서 들렀다 가야 해."

그렇게 말하고 망고는 생수 한 병을 한 번에 다

마셨다. 목이 마르지 않았던 데다 복잡한 사람들을 헤치고 오느라 속이 거북해진 나는 생수를 몇 모금 마시지 못했다. 하지만 화장실은 다녀왔다.

그새 광장은 더 복잡해졌는데 발 디딜 틈이 없었다. 우리는 사람에게 갇혀서 한 발짝도 앞으로 나갈 수 없었다. 이런 상황에서 여자를 어떻게 찾겠다는 것인지 모르겠다. 망고는 그냥 집회에 참여하러 나온 것인지도 몰랐다. 운이 좋아 여자를 만나면 좋고, 아니면 말고 정도의 생각이 아닐까. 일주일에 겨우 하루 쉬는 휴일에 왜 망고를 따라나섰을까, 나는 후회했다. 이제 와 지하철역으로 돌아갈 수도 없었다. 너무 멀리 와버렸다. 우리는 사람에게 떠밀려서 무작정 걸었다. 그렇게 얼마나 걸었을까. 사람들이 줄어들면서 숨통이 트였다. 고개를 들었더니 눈앞에 경복궁이 보였다.

"이대로는 여자 찾기 힘들 것 같아."

나는 집에 가자는 소리를 돌려 말했다.

"어제도 여기 어디서 봤거든. 조금만 더 찾아보자."

망고가 나를 달랬다. 망고는 여자를 찾아 광장과 그 주변을 자꾸만 헤맸다. 인파를 뚫고 광장 주변을 헤매던 나는 완전히 지치고 말았다. 한 발짝도 더 걷기 싫었다. 그만 그 자리에 주저앉고 싶었다.

"비블링 많이 힘들었지. 오늘은 그만 찾는 게 좋겠어."

"나 때문에 포기하는 거야?"

"아니야. 충분히 찾아봤어. 내일 또 찾으면 되고."

망고가 다정하게 안아주었다. 우리는 사람들의 물결을 따라 다시 광장 쪽으로 이동했다. 망고는 늘 소중하게 가방에 넣고 다니던 캠코더를 꺼내더니 촬영을 시작했다. 사람들을 따라 '미친 소 너나 먹어라.'를 목청껏 외쳤다. 나는 얼떨결에 망고를 따라 집회에 참여하게 되었다. 그제야 알았다. 여자를 찾는 일은 끝났고 이제부터 집회에 참여하는 일정에 돌입했다는 것을.

집회를 마치고 집에 돌아오는 길에 꽃등심을 샀다. 평소보다 이른 귀가였는데 망고가 나를 배려해서 그렇게 한 것이다.

"많이 먹어, 비블링."

망고가 잘 구워진 꽃등심을 내 밥 위에 올려놓았다. '미친 소'가 식탁을 점령하기 전에 소고기를 많이 먹어둬야 한다는 게 망고의 생각이었다. 매주 집회에 참석은 하지만 망고도 이 싸움이 결국에는 지고 말리라는 것을 알고 있는 듯했다. 고기를 굽느라 밥을 못 먹는 망고에게 상추쌈을 크게 싸서 입에 넣어주었다. 망고의 눈이 반달 모양으로 휘었다.

코가 간질간질해서 잠이 안 왔다. 먼치킨이 어두운 원룸을 어슬렁거렸다. 재채기가 자꾸만 나왔다. 약을 먹는대도 알레르기는 차도가 없었다.

초등학생 때였다. 비가 몹시 내리던 날, 하굣길에 하수구에 버려져 있는 새끼 고양이 한 마리를 구조했다. 엄마는 고양이를 키우는 것을 허락하지 않았다. 당장 원래 있었던 자리에 새끼 고양이를 가져다 놓으라고 호통쳤다. 망고가 먼치킨을 데려왔을 때, 두 번 생각 하지 않고 키우기로 한 것은 그때의 부채 의식 때문인지도 모른다.

오늘 밤은 유난히 알레르기 증상이 심했다. 몸 여기저기에 자잘하게 돋아난 수포가 참을 수 없이 가려웠다. 소양증은 약을 먹고 연고를 발라도 나아지지 않았다. 도리어 조금씩 나빠졌다. 병원에 방문할 때마다 피부과 의사는 한시바삐 집에서 고양이를 내보내라고 조언했다.

"먼치킨 입양 보낼까?"

자다가 깬 망고가 물었다.

"무슨 소릴 하는 거야. 입양이라니."

"비블링이 너무 힘들어하니까."

제 얘기를 하는 걸 아는 것인지 먼치킨이 발치에 와서 야옹야옹 울었다. 매트리스를 올라오지도 못할 만큼 작은 고양이었다. 이렇게 연약한 생명을 내가 좀 힘들다고 해서 어떻게 보낼 생각을 한단 말인가. 나는 먼치킨을 품에 꼭 안았다. 망고도 먼치킨을 정말 보낼 생각은 아니었으리라. 마음이 여리기로 치면 나보다 망고가 더했다.

망고가 꽃등심을 잔뜩 사 들고 왔다. 과잉진압이 문제가 되면서 집회 참가 인원이 눈에 띄게 줄었다. 집회도 이제 내리막길을 걸었다.

"혼자 먹을 땐 한 덩어리면 충분해."

망고는 꽃등심을 반 근씩 소포장해서 냉동실에 쟁여두었다. 냉동실 문을 열 때마다 꽃등심이 한 덩어리씩 떨어졌다. 사흘에 한 번씩 꽃등심을 구워 먹었다. 꽃등심을 구워 밥을 먹는 내내 나는 상처에서 피가 나도록 목을 벅벅 긁었다. 피부병은 날이 갈수록 심해졌다.

망고가 쓰러져 의식불명이 되었다. 영화를 찍는 중에 벌어진 일이었다. 친구들의 말에 의하면 망고가 이유 없이 코피를 왈칵 쏟더니 그대로 고꾸라졌다고 한다. 의사는 두부 손상의 흔적이 보인다고 했다지만 누구도 망고가 머리를 부딪치는 것을 보지 못했다. 나는 한달음에 뛰어서 병원으로 갔다. 소식을 듣고 병원에 오는 내내 울었다. 무섭고 슬퍼서 하염없이 눈물만 났다. 망고는 중환자실에 누워 있었는데 깨어날 가망은 희박하다고 했다. 면회 시간은 제한되어 있었다. 도저히 마음 편히 앉아 있을 수 없어 복도를 서성이며 초조하게 면회 시간이 되길 기다렸다.

"망고야."

나는 가만히 망고의 이름을 불렀다. 그는 산소마스크를 쓰고 누워 있었는데 외상이 전혀 없어서 의식불명에 빠졌다기보다는 깊은 잠에 빠진 사람처럼 보였다.

"내 말 안 들려?"

금방이라도 내가 부르는 소리를 듣고 망고가 대답해줄 것만 같았다. 하지만 그런 기적은 일어나지 않았다. 나는 망고의 이마에 있는 흉을 가만히 쓰다듬었다.

혹시 의식이 돌아오지는 않을까. 중환자실 앞을 내내 지키다가 밤늦게 원룸에 돌아왔다. 가방에서 열쇠를 꺼내는데 원룸 안에서 먼치킨이 우는 소리가 크게 들려왔다. 평소하고 다름을 느끼고 다급하게 현관문을 열었다. 어둠 속에서 노랗게 안광을 빛내든 먼치킨이 밖으로 튀어나왔다. 내가 어떻게 손을 써볼 틈도 없었다. 도둑이 든 것처럼 원룸 안이 엉망이 되어 있었다. 행거는 쓰러지고 서랍에 있던 물건은 바닥에 팽개쳐져 있었다. 망고가 소중하게 여기던 비비안 리의 자료가 전부 사라지고 없었다.

뒤늦게 먼치킨을 찾으러 밖에 나왔다. 먼치킨은 내 시야에서 완전히 사라져버렸다. 엉망이 된 집 안을 보고 놀라서 몇 분을 허비한 게 컸다. 발바닥에 땀이 나도록 거리를 뛰어다니며 먼치킨을 찾아다녔다. 길 가는 사람을 잡고 늘어졌다. 사진을 보여주며 혹시 이런 고양이 본 적 있냐고 애타게 물었지만 수확은 없었다. 그렇게 작은 발로 얼마나 멀리 가버린 것일까. 큰길을 다 뒤졌지만 어디에 숨었는지 먼치킨의 그림자도 찾을 수 없었다. 골목으로 들어갔다. 겁을 먹으면 행거같이 어두운 공간으로 먼치킨이 숨어들던 것이 생각나서였다. 나는 가로등이 부족해서 어두컴컴한 뒷골목을 서성였다. 어둠 저쪽에서 날쌘 뭔가가 튀어나왔다. 나는 화들짝 놀라서 엉덩방아를 찧었다. 먼치킨이었다.

"야옹야옹."

먼치킨이 크게 울었다. 그러고는 저만치 뛰어갔다. 내가 제자리에 가만히 있자 먼치킨도 달리기를 멈췄다. 꼭 자신의 뒤를 내가 쫓아오길 기다리는 듯했다. 내가 움직이자 먼치킨이 움직였다. 그때부터 먼치킨의 울음소리가 들리는 방향을 쫓아서 정신없이 뛰었다. 그렇게 나는 도시의 어두운 심연으로 들어갔다.

정신을 차리고 보니 어느새 낯선 거리였다. 먼치킨은 사라지고 없었다. 인적이 끊긴 거리는 음산했다. 오래되어 보이는 빌딩이 눈길을 끌었다. 외벽에 걸린 변호사 사무실 간판이 위태롭게 흔들렸다. 그것이 어떤 신호처럼 여겨졌다. 나는 홀린 듯 빌딩으로 향했다. 마치 나를 기다리고 있기라고 했던 것처럼 출입문이 활짝 열려 있었다. 나는 조심스럽게 빌딩 안으로 걸어 들어갔다.

그녀의 이름은

변호사 사무실은 중고주방용품 거리에 있었다. 폐업한 식당에서 나온 중고물품이 인도를 넘어 차도까지 쌓였다. 나는 각양각색의 불판과 플라스틱 의자와 식기 건조기를 요리조리 피해서 가며 걸었다. 노조 활동을 하다 재계약이 불발되어 조연출로 일하던 방송국을 나온 게 벌써 반년 전의 일이다. 종편, 케이블, 유튜브를 가리지 않고 이력서를 들이밀었지만 어디에도 내 자리는 없었다. 불경기는 방송국도 예외가 없었다.

막다른 골목길 끝에 찾던 건물이 보였다. '박우진 변호사 사무실'이라는 간판이 건물 외벽에 덩그러니 매달렸다. 간판에 불이 들어왔다 나갔다 하며 깜박거렸다. 시커먼 비구름이 순식간에 하늘을 뒤덮었다. 먹구름은 우산 모양으로 내가 들어가려는 오래된 건물 위에 걸렸다. 금방 비가 쏟아질 것처럼 주위가 캄캄했다. 나는 바람막이 점퍼를 여미며 서둘러 건물 안으로 들어갔다.

건물 내부는 19세기에 지어진 것처럼 낡았다. 게다가 지저분했다. 오랫동안 청소하지 않은 듯 쓰레기통이 지저분했다. 날벌레가 날아다녔고 악취가 심했다. 제복을 입은 경비는 무표정하게 출입구를 지켰다. 어두운 안색에 보랏빛 입술, 산 사람의 얼굴 같지 않았다. 경비에게 고개를 까딱하고 가볍게 인사했다. '방문자는 방명록을 작성하세요.'라고 적힌 안내판이 눈에 띄었다. 나는 방명록에 이름과 연락처를 적었다. 방문 목적을 뭐라고 써야 할지 몰라 한참을 망설이다가 '법률 상담'이라고 적었다.

"변호사 만나러 왔어요?"

경비는 신경을 긁는 쉰 목소리에 구취가 심했다.

"그런데요?"

"관둬요. 만나봤자 돈만 날리지 별수 없으니까."

경비가 몸을 밀착하더니 빠르게 말했다.

"안에 있는 사람 살리고 싶으면 누구든 빨리 불라고 해요. 병신 되거나 죽기 전에."

"네? 그게 도대체 뭔 소리예요?"

경비는 무표정한 얼굴로 출입문을 쳐다보았다. 언제 대화를 했냐는 듯 시침을 뚝 뗐다. 무슨 일인지 몰라 나는 한참을 멍하게 서 있었다.

번개가 번쩍거리고 곧이어 천둥이 건물을 흔들었다. 쏴아아. 창밖으로 소나기가 쏟아지는 게 보였다. 경비는 다급하게 서랍에서 우산을 꺼내 썼다. 방문자들은 건물 안에 들어서자마자 느닷없이 우산을 펼쳐 들었다. 건물 안에서 우산이라니 어이없고 황당했다. 하지만 이런 생각을 하는 것은 나뿐인 듯했다. 로비는 우산을 쓴 사람들로 가득 찼다. 다들 행동이 자연스러웠다. 결국 실내에서 우산을 쓴 저들이 아닌 실내에서 우산을 쓰지 않은 내가 이상한 사람이 되었다. 나는 괜히 민망해져 변호사 사무실이 4층이라고 했지. 늦었네. 혼자 중얼거리며 빠르게 로비를 가로질러 갔다.

엘리베이터는 4층에 멈춰서 움직이지 않았다. 나는 올라가는 버튼을 반복해서 눌렀다. 새빨간 우산을 쓰고 엘리베이터를 기다리던 학생이 이상한 눈으로 나를 쳐다봤다. 내 행동이 과격하게 보였던 모양이었다.

"고장인가 봐요. 아까부터 안 내려오고 있거든요."

나는 억지로 웃었다. 엘리베이터에 비친 내 얼굴이 기괴하게 일그러졌다.

"수십 년을 오르내리는데 이 정도 기다리는 걸로 뭘 그러세요."

"수십 년이요? 지금 수십 년이라고 그랬어요?"

나를 빤히 쳐다보던 학생이 뒷걸음질 쳐 경비에게 갔다. 두 사람은 뭐라고 대화를 나누면서 내 쪽을 흘끗거렸다. 엘리베이터는 꼼짝을 안 했다. 건물은 음침하고 사람들은 이상했다. 그냥 돌아갈까? 잠시 갈등했다. 변호사가 사람을 찾는다고 뿌린 전단에는 제보하는 사람에게 소정의 사례금을 지급하겠다고 적혀 있었다. 몇 해 전, 여행길에서 잠깐 만난 여자가 있었는데 아무래도 변호사가 찾는 사람과 동일인인 듯했다. 한 푼이 아쉬운 지금 아는 사실 몇 마디 해주고 돈을 벌 수 있다며 이보다 좋은 일은 없을 것이다.

경비가 이쪽으로 걸어왔다. 학생이 그 뒤를 조용히 따랐다. 그때 삐걱거리는 소리를 내며 비상문이 열렸다. 검버섯이 가뭇가뭇 피어난 손이 불쑥 나오더니 내 팔을 덥석 잡았다. 외피만 남은 손은 갈고리처럼 나를 옭아매고 놓지 않았다. 힘이 얼마나 센지 끌려나가지 않을 도리가 없었다. 나를 비상구로 끌어낸 사람은 칠십 대로 보이는 노파였다.

"잡혀가고 싶어?"

"제가요? 잘못한 게 없는데 왜요?"

"죄짓고 잡혀가는 것보다 죄 없이 잡혀가는 게 더 무서운 세상이라는 걸 왜 몰라."

무슨 소린지 당최 알아들을 수가 없었다. 정신병동 아니야? 나는 주위를 두리번거렸다. 아무래도 건물을 잘못 찾아온 듯싶었다.

"도움받은 게 고마우면 껌이라도 한 통 사줘."

당했구나. 상술이었다. 차라리 마음이 편했다. 최소한 노파는 미친 사람은 아니었다. 내 지갑에는 만 원짜리 지폐 한 장뿐이었다. 그것은 내가 가진 전 재산이었다. 마이너스 통장, 신용카드까지 다 막혔다. 당장 일자리를 구하지 못하면 사채를 써야 할지도 모른다.

"어서."

노파가 보챘다. 지갑에서 돈을 꺼냈다. 시중 가격이 있으니 아무리 많이 받아도 오천 원은 거슬러 주겠지 싶었다. 노파는 사탕 서너 개가 든 봉지를 내 손에 쥐여주었다. 그러고는 끝이었다. 거스름돈 달라는 말이 차마 입 밖으로 안 나왔다.

"껌은······요?"

나는 기어들어 가는 소리로 물었다.

"살살 녹여 먹다 보면 나와. 사탕도 먹고 껌도 씹고, 그야말로 일거양득이지."

"그럼, 이건 껌이 아니고 사탕이잖아요."

노파는 키득거렸다.

"비싼 거니까 따지지 말고 그냥 처먹어. 요즘 한 얼굴로 두 사람 행세하는 거, 그게 유행이라며?"

키득거리던 노파는 갑자기 웃음을 싹 거둬들이더니 내 얼굴을 빤히 쳐다봤다.

"내가 아는 사람하고 똑 닮았단 말이야."

"그게 누군데요?"

"누구긴 누구야, 내 첫사랑이지. 어때 나랑 같이 갈 텐가?"

노파가 덥석 내 손목을 잡았다. 드라이아이스가 닿은 것처럼 차가워 나는 깜짝 놀랐다.

"이래 봬도 나 아직 스무 살밖에 안 됐어."

노파가 손목을 잡아당겼다. 노인의 힘이라고는 믿기 힘들게 악력이 셌다. 나는 필사적으로 손을 뿌리치고 계단을 뛰어 올라갔다. 노파는 우스워 죽겠다는 듯이 박장대소했다. 웃음소리가 비상구를 쩌렁쩌렁 울렸다.

4층이면 높지 않고, 내 체력도 나쁜 편이 아닌데 이상하게 계단을 오르는 게 힘들었다. 3층부터는 다리가 바들바들 떨려 한 발짝 떼는 것조차 힘겨웠다. 한 여름날 아스팔트 위에 선 것처럼 땀이 줄줄 흘렀다. 입술은 부르터서 피가 배어 나왔고 혓바늘이 돋아났다. 한 걸음 옮길 때마다 일 년씩 늙어가는 듯했다. 한 계단, 한 계단. 계단을 오를 때마다 과거 속으로 걸어 들어가는 듯 기분이 기묘했다. 죽을 고생을 하고 겨우 4층에 도착했다. 나는 그대로 바닥에 주저앉아 거칠게 숨을 몰아쉬었다. 엘리베이터는 문이 열린 채 멈춰 있었다. 안에는 아무도 없었다. 고장인 모양이었다. 복도는 널찍했고 그 끝에 벽 대신 대형 유리창이 보였다. 대형 유리창 너머로 밖이 보였다. 봄비답지 않게 빗방울이 세찼다.

노크하고 406호 앞에 섰다. 스티커와 전단이 지저분하게 문에 붙어 있었다. 학원, 마트, 음식점, 세탁소, 열쇠 수리 등 전단 종류도 다양했다. 나는 옷 매무새를 가다듬었다. 약속 시간 오 분 전이었다. 긴장해서 어깨 근육이 딱딱하게 굳었다. 변호사를 만나는 건 처음이었다.

"들어와."

어린아이의 앳된 목소리였다. 잘못 들었나? 잠시 고민하다가 출입문 손잡이를 힘차게 돌렸다. 사무실 내부는 아담하고 평범했다. 백발의 남자가 소파에 앉아 졸고 있었다. 남자는 보풀이 일어난 자주색 카디건에 유행이 한참 지난 통이 넓은 코듀로이 바지를 입었다. 다른 사람은 보이지 않았다. 아무래도 잘못 들은 것이 맞는 모양이었다. 조심스럽게 노인을 깨웠다.

"저기요. 혹시 박우진 변호사님 어디 가셨어요?"

노인이 천천히 눈을 떴다. 주름과 검버섯이 뒤덮인 얼굴이 백 살 노인처럼 보였다.

"내가 박우진인데 누구죠?"

박우진이 죽기 직전의 노인일 거라고는 상상을 못 했다. 전화 목소리를 듣고는 막연히 중년 남자겠거니 예상했었다.

"사람 찾는다는 전단 보고 왔어요. 어제 전화했는데 기억 안 나세요?"

박우진의 얼굴이 눈에 띄게 밝아졌다.

"당연히 기억하죠. 아침부터 기다리고 있었어요."

박우진은 심하게 떨리는 손을 내밀었다. 나는 두 손을 내밀어 박우진의 손을 맞잡았다. 나도 모르게 허리를 깊이 숙였다.

"차 마시겠어요?"

"괜찮습니다."

"사양할 거 없어요. 어차피 나도 마셔야 하니까.

편히 앉아서 기다려요."

　박우진은 힘겹게 몸을 일으켜 세웠다. 움직일 때마다 관절에서 우두둑, 소리가 났다. 어깨를 구부정하게 숙인 채 박우진은 나무늘보보다 느리게 움직였다. 나는 몇 번 더 말리다가 그만두고 소파에 앉았다. 사무실을 둘러봤다. 큼직한 책상 위에 서류와 잡동사니가 어지럽게 뒤섞였다. 삼단 책꽂이는 책의 무게를 견디지 못하고 활처럼 휘었다. 낡아서 군데군데 벗겨진 인조가죽 소파, 테이블 유리는 금이 갔다. 한쪽 구석에 손때 묻은 브라운관 텔레비전이 켜져 있었다. 음 소거된 화면에 유럽의 아름다운 자연경관이 펼쳐졌다. 다뉴브강을 따라 흐르는 짙은 강물은 춤추듯 너울거렸다. 동그란 시계가 벽에 걸렸다. 개업 선물 시계인 듯한데 글씨가 거의 지워져 누가 보낸 것인지 제대로 읽는 건 불가능했다. 그런데 시계가 이상했다. 11이 있어야 할 자리에 1이, 10이 있어야 할 자리에 2가 있는 식이었다. 시계는 반대 방향으로 돌아가고 있었다.

"마셔요."

박하향이 사무실을 가득 채웠다. 나는 머그잔을 들고 한 모금 마셨다. 따뜻한 온기가 온몸으로 퍼져나갔다. 근육이 이완되면서 긴장이 풀렸다.

"이름이 뭐라고 했죠?"

"최영훈입니다."

나는 머그잔은 내려놓고 바로 대답했다.

"영훈 군은 몇 살이에요?"

"스물아홉입니다."

일단 사례금이 얼마인지부터 확인해두고 싶었다. 시답잖은 농담 따먹기나 하려고 시간 내서 여기까지 온 것이 아니다. 명색이 변호산데 턱없이 적은 금액을 부르진 않겠지. 이달 월세라도 어떻게 해결되길 바랐다.

"저기, 변호사님……."

"그래, 영훈 군은 이번 6월 선거에서 누굴 뽑을 생각인가요? 혹 지지하는 후보가 없다면 날 뽑아 줘요. 내가 너무 큰 부탁을 하는 건 아니죠?"

"선거에 나가십니까?"

나는 큰 소리로 물었다. 내 목소리에 내가 놀랐다. 박우진은 유세 현장보다는 호스피스 병동이 더 어울려 보였다.

"어쩌다 보니 그렇게 됐어요. 주변에서 자꾸 권해서요. 계속 거절하는 게 능사도 아닌 것 같고. 정치하란 소린 젊어서부터 자주 들었지. 남들보다 피가 뜨거워요, 내가."

박우진은 정의롭고 대쪽 같은 성격 탓에 인생에 풍파가 끊어질 날이 없었다. 젊어서는 정권에 맞서다 보니 험한 일도 많이 당했다. 고문당하고 철창 신세까지 졌다. 박우진이 민주투사였다니 사람이 달리 보였다. 박우진의 목소리는 조금씩 커졌다. 목소리에 힘과 카리스마가 깃들었다. 보기보다 젊은 사람인지 모르겠다. 어느 순간, 사무실은 유세 현장으로 변했고 나도 모르게 피가 돌도록 손뼉을 치고 있었다.

"거짓말!"

벽을 보고 있던 회전의자가 스르륵 돌았다. 대여섯 살쯤 되어 보이는 꼬마가 의자에 앉아 있었다. 거짓말이라고 소리친 건 꼬마였다. 꼬마는 아토피 피부인지 얼굴이 심하게 헌 데다 머리가 과하게 컸다. 거기다 목은 모딜리아니의 그림 속 여인들처럼 가늘고 길어서 기괴해 보였다. 꼬마는 어린애 닮지 않게 섬뜩한 분위기를 풍겼다.

"언제 일어났어?"

박우진이 물었다.

"아까. 시끄러워서 잘 수가 있어야지."

"일어났으면 일해."

"싫어. 힘들단 말이야."

꼬마가 가까이 다가왔다. 진물이 엉겨 붙은 얼굴이 역겨웠다. 나는 마음에 없는 소리를 억지로 했다.

"아이, 귀여워. 이름이 뭐야?"

꼬마의 머리를 살짝 쓰다듬었다. 그 틈에 꼬마가 내 손가락을 물었다. 입에서 비명이 터져 나왔다.

박우진만 없었다면 녀석의 머리통을 제대로 갈겨 줬을 것이다.

"그 친구가 서 양이 있는 곳을 알아. 화가 나서 안 알려주면 어쩔 거야?"

꼬마는 물고 있던 손가락을 재빨리 놓았다. 얼마나 세게 물었는지 물었던 자국이 그대로 남았다.

"진짜? 야호, 신난다."

꼬마는 엉덩이를 흔들며 기쁨의 춤을 췄다.

"어디 있는데?"

꼬마가 다가왔다. 나는 소파 끝으로 조금씩 물러났다. 진아가 지금 어딨는지 모른다. 안다고 말한 적도 없다. 몇 년 전에 우연히 만났던 여자가 박우진이 찾는 여자인지 정확하지도 않다. 이제 와서 박우진이 찾는 사람과 내가 아는 여자가 다른 사람일지 모른다고 말하면 어떻게 될까. 박우진은 사례금을 주지 않을지도 모른다. 꼬마는 이성을 잃고 내 귀를 물어뜯겠다고 덤비겠지. 어린아이의 것이라고 보기 힘든 꼬마의 사악한 눈빛에 나는 완전기가 질렸다.

"어디 있는지 당장 말하지 않으면 코를 물어줄 거야."

꼬마가 으르렁거렸다.

"그만둬. 더는 영훈 군 괴롭히지 마. 어디 있는지 말해줄 때까지 차분하게 기다려."

꼬마는 마지못해 내게서 멀어지며 한마디했다.

"경고하는데 다신 꼬마라고 부르지 마. 보이는 게 전부가 아니라고."

진아도 같은 말을 했었다. 그녀의 외모는 이십 대 초반으로 보였는데 자꾸만 자신이 오십 대라고 우겼다. 어느 날부터 전혀 늙지 않고 있다고 우겨대는 통에 나는 그만 기가 질려버렸었다.

'늙지 않는다니 불행이 아니라 행운인데요.'

내가 놀리듯 한 말에 진아는 정색했다.

'망각이 없는 삶이 어떤 것인지 당신은 몰라요. 오래전, 사랑하는 사람을 잃었죠. 그날의 고통이 어제 있었던 일인 것처럼 사라지지 않아요. 삼십

년 동안 하루도 아프지 않은 날이 없어요. 늙지 않는다는 건 그런 거예요.'

'어떻게 그런 일이 가능하죠? 내가 이해할 수 있게 설명해줘요.'

진아는 은유적으로 표현해주었다.

'해변의 모래알보다 더 많은 시간대가 우리 주변을 흐르고 있어요. 오 분 전 지나간 시간이 사라졌다고 생각해요? 천만에요. 그 시간대는 지금도 흐르고 있죠. 시간은 살아 있는 생명체와 같아서 그냥 소멸하는 법이 없어요. 심지어는 당신이 살지 않았던 시간마저 존재하죠.'

'믿기 힘든 이야기네요. 그걸 증명할 수 있어요?'

'증명하긴 힘들죠. 하지만 공간의 열린 틈을 통해 시간을 자유로이 건너다니는 사람이 있다는 건 확실해요. 저도 그렇거든요.'

그때 나는 진아가 하는 말을 전혀 믿지 않았다.

꼬마가 외쳤다.

"배고파. 점심 먹을 시간이 지났다고."

낮 열두 시었다. 시곗바늘이 오른쪽으로 돌아가든 왼쪽으로 돌아가든 상관없이 열두 시는 돌아왔다. 지금 이 시간대도 사라지지 않고 어디선가 계속해서 흐를까.

꼬마가 박우진에게 짜장면을 시켜달라고 떼를 부렸다. 박우진은 수화기를 집어 들고 뭘 먹겠냐고 내게 물었다. 나는 괜찮다고 사양했지만 박우진은 제멋대로 짜장면을 주문했다. 그리고 꼬마에게 페인트칠을 시켰다.

"배달 올 때까지만 해."

"일하기 싫단 말이야."

"개미처럼 작아져서 밟히고 싶어?"

꼬마는 작게 으르렁거렸다.

"현실 세계에 네 존재를 각인시키지 않으면 사라지는 거 몰라? 서 양 찾을 때까지만 참아. 서 양은 우리가 살 방법을 알고 있을 거야."

"네 안으로 다시 들어가면 안 돼?"

"싫다고 나간 건 너야. 그리고 난 언제 죽을지 몰라."

"네가 죽으면 나도 죽어."

"그니까 내 말 들어. 난 서 양을 찾을게. 넌 페인트칠을 해."

꼬마는 캐비닛에서 도구를 꺼냈다. 롤러를 굴리자 상앗빛 벽이 초록으로 바뀌었다.

박우진이 내 쪽으로 몸을 돌렸다. 다시 얘기하자는 제스처였다.

"서 양을 만난 게 언제였죠?"

"재작년 초여름이었어요."

"확실해요?"

"제가 방송국 들어가기 직전이니까, 늦봄 아니면 초여름이 맞아요."

박우진은 서랍에서 노트를 꺼내고 펜을 집어 들었다.

"변호사님 말 놓으세요. 제가 너무 불편해서요."

내가 계속 부탁하자, 박우진은 마지못해 편하게

얘기하겠다고 했다.

"뭘 쓰세요?"

노트를 슬쩍 훔쳐보았다. 그는 백지에 빨간색 볼
펜으로 동그라미를 반복해서 그리고 있었다. 큰 동
그라미 안에 작은 동그라미가 무수히 들어 있었다.

"이번 경우는 패턴에서 많이 벗어나."

박우진은 혼자 중얼거렸다.

"무슨 말씀이신지?"

"보통 여름에는 잘 나타나지 않는데……. 아, 내
가 실례를 했네. 사람 앞에 두고. 사진 속 이 여자
를 자세히 봐. 닮지 않았나?"

박우진이 내민 사진에는 십여 명의 사람들이 찍
혀 있었는데 다들 노란 리본을 가슴에 달고 있었
다. 손가락이 그중 한 여자를 가리켰다. 나는 사진
을 꼼꼼히 들여다봤다. 진아라고 확언할 순 없었
다. 사진은 화질이 나빴다.

"잘 모르겠나? 그렇다면 이 사진은 어떤가?"

그 사진 역시 얼굴이 너무 작게 찍혀서 확인할

수 없었다.

"취재 결과 패턴이 있어. 서 양은 나라에 큰일이 있을 때마다 나타나. 그래서 신문을 뒤지기 시작한 걸세."

박우진은 진아를 왜 자꾸 서 양이라고 부르는 것일까. 진아의 진짜 성이 서 씨일지도 몰랐다. 이제야 진아의 진짜 성을 알게 된 건가. 입안이 썼다.

"진아 진짜 이름이 뭐예요?"

"서 양. 다들 서 양이라고 불렀어. 그 외엔 나도 모른다네."

기차역에서 우연히 만난 그녀에게 이름이 뭐냐고 물었었다.

'당신 첫사랑 이름은 뭐예요?'

되물음에 나는 어물거리다가 진아,라고 말해줬다. 고추냉이가 많이 들어간 초밥을 먹었을 때처럼 코가 싸해졌다. 그녀가 말했다.

'이름이란 지나간 날짜와 같죠. 별 의미가 없어요. 그러니까 앞으로 날 진아라고 불러요. 그 이름은 당신이 죽는 날까지 기억할 거잖아요. 숨이 끊어지는 순간, 당신은 내 얼굴을 떠올릴 거예요. 그리고 진아라는 이름을 기억해내겠죠. 결국 난 당신에게 이름도 얼굴도 잊히지 않는 단 하나의 여자가 되는 거예요.'

"서 양이 자신을 진아라고 소개하던가? 그렇다면 그 이름은 가명일 걸세."

"가명 아니에요. 진아는 제 첫사랑 이름입니다."

진아는 실패한 첫사랑을 되돌리고 싶어했다. 그래서 일그러진 진짜 첫사랑이 아닌 가짜일지라도 평범한 사랑을 한 사람으로 살길 바랐다. 이 이야기는 박우진에게 하지 않았다.

"그 이름이 영훈 군 첫사랑 이름이라고? 정말이지 별 해괴한 짓을 다 하고 다녔구먼. 그거 아나? 서 양이 시간 어쩌고저쩌고하면서 만나고 다닌 남자는 영훈 군뿐만이 아니었어. 지금까지 파악된 것만 칠팔 명이야."

예상은 했지만 직접 듣고 보니 기분이 좋진 않았

다. 진아는 날 자신의 첫사랑인 '김 군'이라고 불렀
다. 최영훈이라는 본명을 말해줬는데도 그랬다. 나
한테 한 것처럼 다른 남자들도 김 군이라고 불렀을
까. 그게 몹시 궁금했다.

"영훈 군을 김 군이라고 불렀다고? 그런 소린 또
첨이군."

박우진은 재밌어 죽겠다는 듯이 몸을 흔들며 큰
소리로 웃었다. 그러다 침이 잘못 넘어갔는지 사례
가 걸려서 기침을 심하게 했다. 얼굴이 연보랏빛으
로 변했다. 호흡이 가빠지면서 쌕쌕거렸다. 기침이
멈춘 후에도 박우진은 한동안 안정을 취해야 했다.
박우진이 심장마비라도 일으킬까 무서웠다. 그는
언제 죽어도 이상하지 않을 만큼 늙었다.

"가까이 오게. 얼굴 좀 보여줘."

박우진이 작은 눈을 끔벅였다.

"안 닮았어. 자넨 김 군을 조금도 닮지 않았네."

"변호사님도 김 군을 아세요?"

"잘 알지."

"김 군은 누구예요?"

"서 양의 첫사랑."

나는 진아의 첫사랑을 만난 적이 있었다. 요양병원에 누워 있던 남자는 진아의 연인이라기보단 아버지처럼 보였다.

"두 사람이 정말 사랑하는 사이였나요?"

박우진은 고개를 주억거렸다.

"응, 그랬지. 김 군이 인기가 좋았어. 키도 크고 그만하면 얼굴도 잘난 축이었지. 무엇보다 그 친군 신념이 있었어. 그때 끔찍한 일을 당하지만 않았어도 두 사람은 결혼했을 걸세. 두더지처럼 잘 숨어 있으라고 내가 그렇게 누누이 말했는데, 어떻게 고개를 내밀 때마다 망치에 맞는지. 재수도 없지."

박우진은 침울해했다.

"무슨 일 때문에 그랬는데요?"

"이 땅에 민주화를 이루려고 그랬지. 몸이 부서져라 일하던 시절이었어."

박우진의 눈이 게슴츠레 풀렸다. 사무실은 조용

해졌다. 비 내리는 소리만 들렸다. 텔레비전에서는
중세의 오래된 성을 구석구석 비춰줬다. 빛이 들어
오지 않는 실내는 어두컴컴했다. 중세의 고문실이
라 해도 믿을 법했다. 창에서 한 줄기 빛이 내리쬐
였다. 성을 부유하는 먼지가 빛을 타고 하늘로 올
라가는 것처럼 보였다.

"여기서 서 양을 찾아봐. 닮은 사람이라도."

박우진이 스크랩 북을 내 쪽으로 밀었다. 다양한
집회의 신문 스크랩이 잘 정리되어 있었다. 진아와
닮은 사람이 붉은색 사인펜으로 표시되어 있었다.
화질과 각도에 따라 그녀처럼 보이기도 아니기도
했다. 나는 스크랩 한 장을 집어냈다.

"이 사진이요."

진아와 일치율이 칠팔십 퍼센트는 될 법한 여자
를 찾았다.

"역시 그 사진을 골랐구먼. 방송국 기자한테 팩
스로 받은 걸세. 나도 이 사진이 제일 닮았다고 생
각했어."

방송국 기자라는 얘길 듣는 순간 등골이 서늘했다. 불길한 예감이 순간 스쳐 지나갔다. 그 감정의 기원이 무엇인지는 알 수 없었다.

"방송국 기자라면 누구요?"

"모르겠어. 약속해놓고는 안 왔거든. 꼭 만나고 싶었는데 아쉽게 됐지 뭔가."

"기자는 왜 진아를 찾았던 거죠?"

"괴상한 이름의 도시를 찾고 있었어. 그러니까 그 도시는 구글 지도로는 절대 못 찾는 곳에 있다더군. 서 양이 그 도시에 들어가는 길을 안다나 뭐라나."

"도시 이름이 뭐였어요?"

"몰라. 기억 안 나."

박우진은 피곤한 듯 길게 하품했다. 그는 오뉴월 봄볕을 즐기는 늙은 길고양이 같았다.

똑똑.

노크 소리를 들은 꼬마가 환호성을 질렀다. 어느

새 한쪽 벽은 초록색으로 바뀌어 있었다. 꼬마는 능숙하게 테이블에 신문지를 깔았다. 짜장면과 짬뽕, 탕수육에 군만두까지 꺼내 놓자 테이블이 좁았다. 박우진은 짬뽕 국물을 먼저 마셨다. 새우를 껍질째 한입에 넣어 씹으며 손으로는 홍합 속살을 발랐다. 꼬마는 탕수육을 먼저 먹었다. 며칠 굶은 것처럼 게걸스럽게 탕수육을 먹어 치웠다. 그 모습을 본 박우진도 지지 않고 탕수육을 입에 욱여넣었다. 나는 두 사람의 식탐에 기가 질려서 짜장면을 비비지도 못하고 멍하니 앉아 있었다.

박우진이 물었다.

"안 먹을 건가?"

"네. 배가 불러서요."

꼬마가 끼어들었다.

"내가 먹는다."

나는 고개를 끄덕였다. 짜장면은 꼬마의 손에 들어갔다. 둘 다 며칠을 굶은 사람 같았다. 먹는다기보다는 음식을 입에 쑤셔 넣는 수준이었다. 식사는 순식간에 끝이 났다. 꼬마는 서비스로 준 사탕을 한입에 털어 넣었다. 박우진은 입을 커다랗게 벌리고 틀니를 빼냈다. 입술이 쪼글쪼글해졌다. 백 살에서 열 살쯤 더 나이가 들어 보였다. 트림을 크게 한 박우진은 소파에 머리를 기댔다. 무척 피곤해 보였다. 노인이 급하게 많은 양을 먹었는데 괜찮을지 모르겠다. 박우진의 가슴이 불규칙하게 오르락내리락했다. 얼마 지나지 않아 코 고는 소리가 들렸다. 꼬마는 사탕을 와그작대며 씹었다. 꼬마가 사탕을 깨물 때마다 유리창이 박살나는 소리가 났다.

오후에 주말에만 근무하는 웨딩홀 포토그래퍼를 뽑는 면접이 있는데 아무래도 약속 시간을 못 지킬 것 같았다. 스마트폰을 꺼내 들었다. 서비스 지역이 아니었다. 스마트폰을 껐다 켰다. 여전히 전화는 먹통이었다. 나는 박우진이 깨지 않게 조심스럽게 일어났다. 꼬마가 말없이 나를 노려보았다. 책상 위에 있는 전화기를 집어 들었다.

"지금 거신 번호는 없는 번호입니다."

버튼을 잘못 눌렀나 보다. 다시 천천히 번호를 눌렀다. 같은 멘트가 또 나왔다. 비는 여전히 쉴 새 없이 쏟아졌다. 때 이른 집중호우에 통신망이 고장을 일으킨 듯했다.

"그 전화로는 네가 사는 곳에 전화 못 해."

"뭐?"

꼬마는 놀리듯 혀를 길게 내밀었다. 말해줄 생각이 없어 보였다.

"사람이 알아듣게 말을 해야지."

"내가 왜?"

나는 주머니에서 사탕을 꺼내서 보란 듯이 한 알을 꺼내먹었다. 몰래 꼬마를 훔쳐보았다. 예상대로 꼬마는 사탕에서 눈을 떼지 못했다.

"먹고 싶어?"

꼬마가 고개를 끄덕였다. 영락없는 어린아이의 모습이었다. 내가 묻는 말에 대답하면 사탕을 주겠다고 꼬드겼다. 꼬마는 내가 던진 미끼를 덥석 물었다. 사탕 한 개에 질문 한 개였다. 세 가지 질문이 가능했다.

"전화는 왜 안 되는 거야?"

꼬마는 메론 맛 사탕을 냉큼 잡아챘다.

"네가 사는 곳과 여긴 시공간이 달라. 전화가 될 리가 없지."

황당한 대답이었지만 그 말이 그냥 믿어졌다. 이 건물에 들어온 뒤로 모든 게 엉망진창이었다. 이제 질문할 기회는 두 번 남았다. 사탕이 사라지면 악마 같은 꼬마는 단 한 마디도 해주지 않을 것이다. 어떻게든 건물을 빠져나가야 한다.

"건물을 나가는 방법을 알려줘."

"그건 말해줄 수 없어."

"말 안 하면 사탕도 없어."

꼬마가 사납게 으르렁댔다.

"사탕은 내 거야. 나가는 방법은 사람마다 다 달라. 그러니 내가 알려줄 수가 없지. 많은 사람이 나가는 길을 못 찾고 미아가 되곤 해. 용케 문을 찾아

도 그 문이 네가 사는 세상으로 연결돼 있다는 보
장은 없어. 시간이 실핏줄처럼 엉킨 이곳에서 제대
로 된 문을 찾는 건 불가능에 가까워. 그러게 여긴
왜 왔어?"

영매처럼 타고난 소수의 사람만이 드나들 수 있
다는 시공간의 틈으로 의식하지 못하는 순간 들어
와 버렸나 보다. 나가는 방법에 대해선 진아에게
들은 바 없었다.

"그러지 말고 여기서 나갈 수 있게 뭐라도 말해
줘."

꼬마는 귀찮아하며 입을 닫았다. 현실 세계에 못
돌아간다고 꼭 나쁜 것만은 아닐지 모른다. 월세는
밀렸지, 당장 밥 사 먹을 돈도 없었다. 나가면 좋
고, 못 나가면 그냥 살지 뭐. 자포자기하는 심정이
었다.

"넌 누구야?"

"그게 마지막 질문이야?"

내가 할 마지막 질문은 그게 아니었다.

"아니야. 취소, 취소야."

나는 최대한 많은 사실을 알아낼 수 있는 질문을 찾아서 오래 생각했다.

"박우진은 진아와 어떤 사이기에 이렇게 애타게 찾는 거야? 네가 아는 걸 다 말해줘."

그새 사탕을 다 먹은 꼬마는 껌을 씹었다. 사탕 속에 껌이 들어있다고 꼬마는 무척 좋아했다.

"복잡한데."

"마지막 사탕 안 먹고 싶어?"

"다 말해줄 테니까 사탕에서 손 떼."

꼬마는 복숭아 맛 사탕을 움켜쥐었다.

"서 양과 우리는 동갑내기 친구야."

"그게 말이 돼? 이십 대인 진아랑 죽기 직전의 노인이 친구라니 지금 그걸 나보고 믿으라고?"

"믿든 말든 그건 네가 알아서 하고. 한 번만 더 말 끊으면 한마디도 안 해줄 거야."

나는 조용히 입을 다물었다.

"책상에 엎어져 있는 액자를 봐."

액자를 뒤집어 봤다. 세 명의 남녀를 찍은 사진이 꽂혀 있었다. 찍은 지 오래되었는지 사진이 무척 낡았다. 거기 진아가 있었다. 진아의 어머니나 이모나 언니처럼 닮은 사람이 아니었다. 사진 속의 여자는 내가 알고 있는 진아가 분명했다. 늙지 않는다는 그녀의 말은 사실이었다. 시간은 날 비켜지나가. 시간이 흐르지 않는 삶은 형벌이야. 그만 쉬고 싶어. 진아의 애끓는 호소가 가슴을 때렸다.

"이 사람들 누구야?"

"가운데 여자는 서 양. 오른쪽 남자는 김 군이고 왼쪽 남자는 박우진이야."

꼬마는 이 모든 게 시간이 엉키면서 생긴 일이라고 했다.

"변호사님이 진아를 찾는 이유는 뭐야?"

"첫째는 늙지 않는 비법을 알아내는 거고 둘째는 김 군을 찾으려고 하는 거야."

"김 군은 왜?"

"이용 가치가 있으니까. 사실은 나도 김 군을 찾

고 싶어. 아니, 꼭 찾아야 해. 김 군이 엉킨 시간을
푸는 키를 들고 있거든."

진아를 따라 요양병원의 복도를 걸었다. 김 군을
만나러 가는 길이었다. 고대 신화 속에 나오는 거
인 같은 형상이 복도 벽을 타고 어른거렸다. 그것
은 백열등의 희끄무레한 불빛에 비친 우리들의 그
림자였다. 복도는 끝없이 이어진 미로 같았고 시간
이 지날수록 발걸음은 더 무거워졌다. 쇠 구슬을
양발에 달고 걷는 기분이었다.

문득 그녀가 입을 열었다.

"연어가 태어난 곳으로 돌아가는 이유 알아요?"

"산란을 위해서겠죠."

"아니에요. 시간을 거슬러 오르기 위해서죠."

나는 그녀의 옆얼굴을 보고 화들짝 놀랐다. 찰
나, 그녀의 얼굴이 노파처럼 보였기 때문이었다.
어렵게 도착한 병실 안은 어두컴컴했다. 인공호흡
기를 단 남자가 침대에 누워 있었다. 남자는 살가

죽과 뼈만 앙상하게 남았다. 눈은 뜨고 있었지만 의식이 없었다. 그 남자가 진짜 김 군이었다. 병실에 설치된 가습기에서 쉴 새 없이 수증기가 뿜어져 나왔다. 창문에 물방울이 맺혔다. 진아는 손가락으로 물방울을 톡톡 터트렸다. 물방울을 연결해서 세모도 만들고 네모도 만들고 마른모도 만들었다. 그러다 뜻 모를 글을 쓰기도 했다.

그녀를 보며 내가 물었다.

"언제까지 여기 있을 거예요?"

"거의 다 됐어요."

그녀가 기다리는 것이 무엇인지 모르겠다. 걷는 것이, 비록 같은 길을 반복해서 걷는다고 할지라도 멈춰서 뭔가를 기다리는 것보다 나았다. 그제야 그 사실을 깨달았다.

"김 군, 날 위해 진짜 김 군의 인공호흡기를 떼줘요. 멈춘 시간이 다시 흐를 수 있도록."

그녀가 내 귀에 대고 속삭였다. 심장이 터질 듯 뛰었다. 배신감마저 들었다. 그녀는 마음을 읽기라도 한 것처럼 내 손을 꼭 잡았다. 그녀의 손바닥은 나와 달리 건조하고 차가웠다.

"싫어요."

"제발요."

"이러려고 여기 데려온 거예요?"

그녀가 고개를 흔들었다.

"죽는 순간에 당신의 얼굴을 떠올리면서 김 군이라는 이름을 기억하고 싶어요."

나는 진아한테 왜 직접 인공호흡기를 떼지 않느냐고 물었다.

"과거의 그림자인 내가 인공호흡기를 떼봐야 소용없어요. 현재를 사는 사람이 해야만 하는 거예요."

진아는 되지도 않는 망상에 빠졌다. 아니면 나를 살인자로 만들려고 작정을 했든가. 내가 진짜 김 군의 인공호흡기를 뗄 이유는 전혀 없었다. 문득 내가 지금 여기서 뭘 하고 있나 싶었다. 지금의 상황이 견딜 수 없는 중압감으로 다가와 누군가 내

목을 조이는 것처럼 숨이 막혔다. 나는 그녀의 손을 뿌리치고 뒤돌아섰다. 그때 병실 벽에 걸려 있는 거울에 비친 그녀를 보았다. 그녀의 머리는 새하얗게 세어 있었고 우느라 일그러진 얼굴에 주름이 가득했다.

"진아가 날 김 군한테 데려갔어."

꼬마는 깜짝 놀라서 무슨 일이 있었는지 당장 말하라고 다그쳤다. 꼬마는 김 군의 인공호흡기를 떼지 않은 나를 책망했다. 한시바삐 김 군을 찾아서 인공호흡기를 떼야 한다고 그는 목소리를 높였다. 코를 요란하게 골던 박우진이 조용해졌다. 꼬마와 나는 동시에 박우진을 쳐다봤다. 박우진은 숨을 쉬지 않았다. 수면 중 무호흡 증상인지 숨이 넘어간 것인지 헷갈렸다. 꼬마도 나도 박우진을 따라 숨을 멈췄다. 긴장되어 목이 간질거렸다. 잠시 후 박우진은 요란한 소리를 내며 다시 숨을 내쉬었다. 나는 안도의 숨을 내쉬었다.

"박우진보다 우리가 먼저 서 양과 김 군을 찾아야 해."

꼬마는 박우진과 같은 편인 줄 알았는데 아닌 모양이었다. 미세하게 꼬마의 키가 줄어들었다.

"작아진 거 같아."

꼬마는 책꽂이 옆에 서더니 키가 얼마냐고 물었다. 나는 꼬마가 시키는 대로 빨간 펜으로 책꽂이에 키를 표시해 놓았다.

"큰일이야. 삼 센티나 줄었어."

꼬마는 롤러에 페인트를 묻혀서 벽을 칠하기 시작했다. 초록색 벽에 새빨간 줄이 그어졌다.

박우진이 잠꼬대를 했다. 그는 여자 목소리를 흉내 냈다.

"어떻게 그럴 수 있어. 혼자만 살면 다야. 김 군 잘못되면 다시는 박 군 안 볼 거야."

박우진은 일인이역을 하는 배우 같았다.

"내가 뭘 그렇게 잘못했어. 고문당하다가 죽었어야 했어? 죽지 않고 살아 나온 게 잘못이야?"

나는 박우진이 '박 군'이냐고 꼬마에게 물었다.
꼬마는 페인트칠을 하면서 그렇다고 대답해줬다.
설마 했는데 박우진이 진짜 박 군이라니. 진아는
김 군을 팔아넘긴 게 박 군이라며 나쁜 놈이라고
했다. 모든 게 돈 때문이었다. 박우진이 변절한 것
도 그 후에 돌이킬 수 없는 잘못을 저지른 것마저.
나는 박우진이 좁은 지하실에서 고문당하는 상상
을 했다. 김 군 어딨어?라고 고문 경찰이 신경질적
으로 소리를 지른다. 박우진은 울었을까? 빌었을
까? 아니면 오줌을 쌌을까? 박우진은 고문을 당하
기에 너무 늙었다.

"변호사님."

조심스럽게 박우진을 불렀다. 박우진은 금세 잠
에서 깨어났다. 노인들이 대개 그러하듯 박우진은
졸았다는 걸 인정하지 않았다.

"변호사님이 박 군이세요?"

"서 양이 내 얘길 다 했어? 그래 뭐라고 그랬는
데?"

"어쩌다가 이렇게 늙었어요?"

"내 시간은 보통 사람들보다 배는 빠르게 흘러. 이번 선거가 마지막이 될 것 같아. 꼭 당선되어야 해. 할 일이 너무 많아."

돈을 얻은 박우진은 이제 권력을 손에 넣으려 하고 있었다. 박우진은 꼬마가 시키지 않았는데 페인트칠을 하는 것을 보고 기뻐했다. 꼬마는 심술이 나서 퉁퉁거렸다. 내가 말도 없이 박우진을 깨웠기 때문인 듯했다.

"어디까지 얘기했었지?"

"변호사님께 드릴 말씀이 있어요. 처음부터 말했어야 하는데 죄송합니다. 사실은……."

잠시 숨을 멈추었던 나는 결심이 섰고 입을 열었다.

"진아 이미 죽었어요."

나는 요양병원을 뛰쳐나왔다. 그녀는 말없이 내 뒤를 따랐다. 우리는 택시를 잡아타고 바닷가로 갔다. 그녀는 단 한 마디도 하지 않았다. 나 또한 아무 말 하지 않았다. 해변에 앉아서 따뜻한 캔 커피를 마셨다. 바닷바람이 찼다. 여름은 아직 시작되지 않았다. 그녀는 꼼짝도 하지 않았다. 가방에서 외투를 꺼내 그녀의 어깨에 둘러주었다. 나는 무슨 말을 꺼내야 할지 몰라 입을 다물었다. 그녀가 먼저 말을 걸어주면 좋겠다고 생각했다. 파도치는 소리가 비현실적으로 크게 들려왔다. 나는 까무룩 잠이 들었다.

눈을 떴을 때, 해가 삐죽이 솟아오르고 있었다. 그녀는 내 옆에 없었다. 신발만 덩그러니 남아 있었다. 그녀는 해변에서 물장난을 치고 있었다. 출렁이는 파도를 따라가다 도망치기를 반복했다. 해가 완전히 제 모습을 드러내자 몇몇 사람은 탄성을 질렀다. 그녀는 이제 막 바다를 떠난 해를 잡으려는 듯 수평선을 향해 걷기 시작했다. 종아리가 잠기고 허벅지 그리고 허리까지 바닷물이 차올랐다. 그런데도 걸음을 멈추지 않았다. 나는 심상치 않은 기운을 느끼고 벌떡 일어났다. 그녀를 뭐라고 불러야 할지 막막했다. 무작정 소리쳤다.

"저기요."

그녀가 멈췄다. 바닷물이 그녀의 목 부근에서 찰랑거렸다.

"나와요. 빨리 나오라고요."

파도가 거세게 몰아쳤다. 그녀의 머리가 시야에서 사라졌다.

"진아야!"

나는 순간적으로 그녀를 진아라고 불렀다. 당신을 진아라고 부를 일은 영원히 없을 겁니다. 내가 했던 말이 떠올랐다. 파도가 밀려가고 그녀의 머리가 보였다. 그녀가 천천히 고개를 돌렸다. 희미하게 웃는 것처럼 보이기도 했다. 커다란 파도가 다시 그녀를 덮쳤다. 그녀는 순식간에 시야에서 사라졌다. 귀가 먹먹하고 눈앞이 아찔해지면서 눈물이 핑 돌았다. 나는 해변이 떠나가도록 진아를 목놓아 불렀다. 끝내 진아의 사체는 발견되지 않았고, 그래서 그때의 일은 현실처럼 느껴지지 않았다.

　이제야 알겠다. 진아는 죽지 않았다. 그녀는 애초에 죽을 수 있는 존재가 아니었다. 그녀는 지금도 김 군이 만신창이가 된 채로 버려져 있던 그 기차역에서 자신 대신 인공호흡기를 떼어줄 누군가를 찾고 있을 것이다. 하지만 이 사실을 박우진은 몰라야 할 것이다. 박우진한테 요양병원을 나온 진아가 스스로 바다에 걸어 들어가는 과정을 나름대로 상세하게 설명해주었다. 박우진이 내 손을 덥석 잡았다.

　"이제 김 군이 있는 곳을 아는 사람은 영훈 군뿐이야. 김 군만 찾아주면 자네가 원하는 건 뭐든 들어주지. 찾을 수 있겠나?"

　진아가 바다로 사라지고 몇 번이나 찾으려 했지만 요양병원의 입구는 미로의 출구처럼 찾을 수 없었다.

　"뭘 줄 건데? 네가 이 친구한테 줄 수 있는 게 돈

말고 뭐가 있어?"

꼬마는 빨간 페인트가 묻은 롤러를 도끼처럼 들고 섰다. 꼬마가 움직일 때마다 롤러에서 페인트가 뚝뚝 떨어졌다. 바닥에 핏자국처럼 페인트가 점점이 흩뿌려졌다.

"김 군이 있는 곳 나한테 말해. 엉킨 시간을 풀수 있는 방법도 찾았잖아."

"넌 빠져. 페인트칠이나 하라고."

박우진이 사납게 소리쳤다. 꼬마는 박우진을 잡아먹을 듯이 노려봤다.

"영훈 군, 나랑 얘기해. 여기 날 보러 왔잖아."

"찾아서 어쩌시게요?"

"내 선거운동에 그가 큰 힘이 되어줄 거야."

"의식이 없는 김 군이 어떻게 변호사님의 선거를 돕는다는 거예요?"

"김 군이 가진 상징성이 있잖아. 그거면 충분해."

"변호사님이 무슨 말씀을 하는지 모르겠어요."

"아직도 모르겠어? 이대로 가만히 있으면 나라

가 망해. 영훈 군, 내가 하는 말 잘 들어. 내가 바로 이 땅에 민주화를 이룩한 사람이야. 내가 당선되어야 우리나라가 발전하는 거란 말이야."

꼬마가 끼어들었다.

"누가 그래. 네가 당선되어야 나라가 발전한다고. 그냥 솔직하게 너 자신을 위해 투쟁했었다고 말해. 권력을 잡기 위해서 김 군이 필요한 거잖아. 넌 자신마저 속이고 있어."

"넌 빠지라고 했지. 점점 어려져서 곧 기저귀 찰 놈이 나서긴 왜 나서."

나는 그제야 진아가 나를 왜 김 군한테 데려갔는지 어렴풋이 알 것 같았다.

"영훈 군, 직장 구하기 힘들다고 하지 않았나. 아르바이트라고 생각하고 좀 도와줘. 힘든 만큼 보수는 넉넉하게 줄 테니."

드디어 돈 이야기가 나왔다.

"얼마요?"

"얼마를 원해?"

"얼마를 줄 수 있는데요?"

"원하는 만큼 주지."

내가 원하던 대답이었다. 하지만 이상하게 관심이 없어지고 말았다. 진아가 그랬다. 다 연결되어 있다고. 나는 박우진에게 솔직하게 말했다.

"김 군이 있던 요양병원은 사라졌어요. 아무리 찾아도 찾을 수가 없다고요. 아무래도 진아가 없으면 들어갈 수 없는 곳인가 봐요. 저는 변호사님을 도와드릴 수가 없어요."

"그게 무슨 말이야? 사라졌다니⋯⋯."

소파에서 일어서던 박우진은 무너지듯 주저앉았다. 충격을 심하게 받은 것 같았다. 박우진은 간헐적으로 경련을 일으켰다. 불과 몇 초 사이에 십 년은 더 늙은 것 같았다. 잠시 뒤, 박우진은 잠이 든 것처럼 조용히 눈을 감았다.

꼬마가 보이지 않았다. 박우진의 말처럼 개미처럼 작아진 것은 아닐까. 나는 운동화 밑창을 확인했다. 개미 같은 것은 보이지 않았다.

똑똑.

애쉬 브라운으로 염색한 젊은 남자가 들어왔다.
비에 흠뻑 젖은 항공 점퍼를 손으로 툭툭 털더니
"박우진 변호사님이세요?"라고 물었다.

"어떻게 오셨어요?"

"세미 때문에요."

"세미요?"

"전화로 말씀드렸잖아요. 한 달 전쯤에 고속버스
터미널에서 만났다고요."

"이 여자가 맞아요?"

나는 진아의 사진을 들이밀었다.

"맞아요. 근데 사례금을 얼마나 주실 건가요?

나는 남자를 사무실 밖으로 밀어냈다.

"그만 돌아가요. 그런 여잔 이 세상에 없어요. 사
례금도 없고요. 다 잊고 당장 여기서 나가요."

나는 한 삼십 년쯤 나이가 든 기분이었다. 어깨
가 욱신욱신 쑤시고 아팠다. 손가락 까딱할 힘없이
피곤했다. 소파에 앉아서 눈을 감았다. 한숨 자고

일어나면 집이었으면 좋겠다. 조금만 쉬었다가 건물을 빠져나갈 방법을 생각해야겠다.

갑자기 지진이 난 것처럼 건물이 흔들렸다. 시계는 곧 떨어질 듯 흔들렸고 테이블 위에 놓인 연필꽂이와 컵은 바닥으로 굴러떨어졌다. 스마트폰을 꺼냈다. 여전히 먹통이었다. 전화기를 집어 들었다. 신호가 가지 않았다. 건물이 무너지는 소리를 내며 다시 흔들렸다. 문이 여닫히는 소리가 시끄러웠다. 다급하게 내달리는 발걸음, 쇠사슬을 끄는 소리, 손톱으로 벽을 긁는 소리, 여인의 비명까지 들렸다. 나는 간신히 벽을 잡고 일어서 조심조심 창가로 갔다. 창문을 통해 내다본 밖은 더 이상 내가 알던 도시가 아니었다. 뭔가가 다리를 툭툭 쳤다. 꼬마는 서너 살짜리 아이처럼 작아졌다. 나는 중심을 잃고 기우뚱거리다가 주저앉아버렸다. 그제야 꼬마와 눈높이가 맞았다.

"난 이제 곧 말을 못 하게 될 거야. 그러니까 내가 하는 말 잘 들어."

"다시 커질 순 없어? 페인트칠하면 안 돼?"

"늦었어. 박우진은 곧 죽을 거야. 그럼 나도 사라지겠지."

고개를 돌렸다. 박우진은 죽은 듯 잠들어 있었는데 억울하다는 듯 미간을 잔뜩 찌푸린 채였다.

"박우진이 죽는 거랑 네가 무슨 상관이야?"

"나도 박우진이야. 그가 죽으면 나도 죽어. 넌 이 건물을 꼭 나가야 해. 김 군을 찾아서 인공호흡기를 떼줘. 그렇지 않으면 이 건물은 무너지고 말 거야. 건물이 무너지면 세상도 끝이야. 과거와 현재는 보이지 않는 끈으로 연결되어 있어. 과거를 돌려놔야 현재가 바로 잡히는 거라고. 내 말 알겠지. 여기서 당장 나가."

꼬마는 풍선에서 바람이 빠지는 것처럼 순식간에 작아졌다. 세 살이 되었다가 두 살이 되었다가 네 발로 기다가 갓난아기가 되어 첫울음을 터트렸다. 그리고 사라져버렸다. 그 사이 박우진의 목은 기묘하게 꺾여 있었다.

사무실을 박차고 나왔다. 복도는 텅 비어 있었다. 엘리베이터가 있는 방향으로 뛰었다. 바닥에 물이 조금씩 차올랐다. 4층 엘리베이터로 나가는 문은 단단히 잠겨서 열리지 않았다. 온 힘을 대해 발로 문을 찼다. 쾅쾅. 소리만 요란하고 문은 꿈쩍도 하지 않았다. 등줄기에서 땀이 나도록 발길질을 멈추지 않았다. 종아리까지 물이 찼다. 이대로 수장될 수는 없었다. 어떻게든 나가야 했다. 뾰족한 것이라도 있다면 열쇠 구멍에 넣어볼 텐데. 나는 아무것도 가진 게 없었다. 주머니를 뒤졌다. 사탕 봉지 안에서 까만 실핀이 나왔다. 분명 아까까지는 빈봉지였다. 이상하게 생각하는데 다시 건물이 크게 흔들렸다. 나는 실핀을 열쇠구멍에 끼웠다. 딸깍, 소리를 내며 문이 열렸다. 혹시 아직 사무실에서 나오지 못한 사람을 생각해서 문이 닫히지 않게 신발을 벗어서 고정시켜 놓았다.

엘리베이터는 여전히 열린 채였다. 내가 올라타자 기다렸다는 듯이 문이 닫혔다. 내부에는 버튼이 전혀 없었다. 엘리베이터는 스스로 움직였는데 롤러코스터처럼 서서히 속력을 높였다. 손잡이를 단단히 잡았는데도 몸이 버텨내질 못할 만큼 내부가 심하게 흔들렸다. 엘리베이터는 굉음을 내며 지구의 중심부에 가 닿을 듯 기세를 올렸다. 지옥을 향해 곤두박질치듯 엄청난 속도로 떨어졌다.

로비는 오전에 본 그대로였다. 달라진 것이라곤 사람이 아무도 없다는 것이다. 로비를 지키던 경비도 어디 갔는지 보이지 않았다. 건물이 다시 크게 흔들렸다. 바닥이 갈라지고 어디선가 물이 콸콸 쏟아져 들어왔다. 건물은 난파된 배처럼 조금씩 가라앉았다. 안내데스크로 가서 방명록을 펼쳤다. 몇 시간 전, 내가 작성한 것이 마지막이었다. 방명록을 뒤로 넘겼다. 다음 장, 그다음 장, 또 그다음 장도……. 여지없이 같은 이름이 반복해서 나왔다. 방명록의 첫 장부터 마지막 장까지 전부 내 이름이 쓰여 있었다. 고개를 들어 유리창 밖의 풍경을 보고 나는 경악했다. 군인이 시민을 향해서 총을 난 사하는 살육의 현장이 눈앞에 펼쳐졌다. 전쟁터를 방불케 하는 아비규환 속에 진아가 서 있었다. 새하얀 원피스를 입고 기차역 대기실에서 처음 만났던 그날처럼 나를 향해 손을 뻗었다. 나는 닿지 않을 것을 알았지만 그녀를 향해 손을 힘껏 뻗어보았다.

비치 파라다이스

여자가 언제부터 광장을 배회하기 시작했는지 정확히 아는 사람은 없었다. 무고한 죽음이 계속되면서 광장은 억울한 사연을 가진 사람들로 늘 붐볐다. 낮과 밤을 가리지 않고 골목 어귀마다 사람들이 모여 웅성댔다. 사람들이 모였던 자리에 정체 모를 흰 결정체가 쌓였다. 그것은 눈보다 설탕에 가까워 보였지만 사람들은 눈물 알갱이가 아니겠냐고 말했다.

광장에 검은 안개가 끼기 시작했다. 맑은 날에도

광장은 얇은 막을 덮어쓴 듯이 희부윰했다. 정부가 나서서 검은 안개를 걷어내려 했지만 쉽지 않았다. 광장을 뒤덮은 게 안개라고 믿는 사람은 거의 없었다. 미세먼지나 연무라는 전문가도 있었지만, 사람들은 대기업이 비밀실험을 하다가 폭발사고를 내서 만들어진 정체불명의 연기라는 루머를 더 믿었다. 세상은 광장 안에 있는 사람과 밖에 있는 사람으로 나뉘었다. 여자는 광장의 경계에 서 있었다.

여자는 적당한 키에 살집이 좀 있는 편이었다. 목덜미가 보이도록 짧게 자른 단발머리는 제멋대로 뻗쳤고, 무릎을 덮는 길이의 베이지색 원피스에 새빨간 하이힐을 신었다. 얼굴은 평범했는데 입술만은 립스틱을 바른 것처럼 선홍빛을 띠며 도톰하니 눈에 띄었다. 입은 뭐에 놀란 듯 살짝 벌어져 사이가 뜬 앞니가 훤히 들여다보였다. 여자는 쉴 새 없이 중얼거렸는데, 발음이 부정확한 데다 소리마저 작아서 알아듣기 힘들었다.

또각또각.

서점을 걸을 때면 하이힐의 굽 소리가 유달리 컸다. 신경을 긁는 소리에 불편함을 느끼고 쳐다보는 사람이 있었지만 그 외에 여자한테 관심을 보이는 이는 없었다. 여자는 시간을 들여서 서점을 둘러보았다. 가끔 서가에 꽂힌 책을 뽑을 때면 비밀의 방을 여는 장치가 설치된 책꽂이를 만질 때처럼 신중했다. 서점에서 나온 여자는 육교를 건너 광장의 북쪽 끝에 있는 행정타운으로 향했다. 갑자기 소나기가 쏟아졌다. 가방을 이용하거나 외투를 뒤집어쓴 사람들이 비를 피해 가까운 건물을 향해 뛰었다. 사람들이 자리를 다 뜰 때까지 여자는 그대로 서 있었다. 옷이 젖었지만 개의치 않았다. 거리가 잠잠해지자 여자는 느리게 움직였다. 리투아니아대사관 앞을 지키는 의경들은 흠뻑 젖은 채로 묵묵히 걷는 여자를 이상한 눈으로 쳐다보았다. 여자는 횡단보도 앞에 서서 신호를 기다렸다. 그때 트렌치코트를 입은 중년 여인이 다가와 우산을 씌워주면서 말을 걸었다. 여자는 중년 여인에게 눈길도

주지 않다가 신호가 바뀌자 먼저 걸어 나갔다. 여자는 광장 주변의 빌딩을 둘러보는 것도 잊지 않았다. 경비의 눈을 피해 빌딩 안으로 들어가 사무실을 훑고 지나갔다. 비는 오후 늦게 그쳤다. 여자는 젖은 채 여전히 걷는 중이었다. 가만히 있어도 머리카락에서 물이 뚝뚝 떨어졌다. 연속으로 재채기를 했다. 옷은 아주 천천히 말랐다. 지하철 개표구 앞을 서성이다가 무인 발권기 버튼을 반복해서 눌렀다. 누군가를 기다리는 듯 목을 빼고 지하철에서 나오는 사람들을 빤히 쳐다보다가 몸을 돌렸다. 마지막으로 공용화장실을 둘러보고 광장으로 이어진 지하도를 따라 밖으로 나왔다. 여자는 물 한 모금 마시지 않고 걷고 또 걸었다.

분수대 앞을 지나던 여자가 멈춰 섰다. 하이힐의 굽이 보도블록에 끼어서 빠지지 않았다. 힘껏 다리에 힘을 줬다. 그래도 굽이 빠지지 않자 쭈그려 앉았다. 하이힐에 꽉 낀 발을 어렵게 빼고 보니 온통 상처투성이였다. 엄지발톱은 시커멓게 죽었고 발가락 사이에 생긴 고름 주머니가 터져서 고약한 냄새를 풍겼다. 어떻게 해도 하이힐은 빠지지 않았다. 여자는 하이힐을 포기하고 갈 길을 갔다. 하이힐을 신은 다리와 신지 않은 다리의 길이가 달라져 심하게 절뚝거렸다. 외다리가 걷는 것처럼 또각, 굽 소리가 들리고 한참이 지난 뒤에 다시 또각, 소리가 났다. 여자는 검은 안개 속으로 사라지고 하이힐 한 짝이 덩그러니 남았다.

그즈음 여자의 외모는 몰라보게 변했다. 머리숱이 눈에 띄게 줄었고 흰머리가 잔뜩 생겼다. 얼굴은 볕에 그을려 새카맣게 볼품없어졌고 이마며 눈가에 주름이 자글거렸다. 어디에 부딪혀 생겼는지 모를 크고 작은 멍과 상처가 팔다리에 잔뜩 있었다. 깡마른 몸에 피부는 푸석거렸고 광대가 도드라졌다. 배는 두꺼운 책에 눌린 것처럼 얇아졌다. 여자는 사람이라기보단 액자 속의 초상화 같았다. 변화가 꼭 나쁜 것만은 아니었다. 여자는 빽빽하게 세워진 차 벽 아래를 자유롭게 지나다닐 수 있게 되었다. 바람만 드나드는 건물 사이의 좁은 틈도 절뚝거리며 잘 빠져나갔다. 이제 여자가 광장에서 가지 못할 곳은 없는 것처럼 보였다.

여자의 존재를 가장 먼저 알아차린 사람은 광장 근처에 있는 카페에서 야간 아르바이트를 하던 대학생이었다. 어스름을 틈타 여자는 카페에 스며들었다. 카페의 2층 구석진 자리가 여자의 지정석이었다. 화장실 옆인 데다 의자가 불편해 손님들이 잘 앉지 않는 자리였다. 여자는 거기에 앉아 밤을 보냈다. 음료를 시킨 적은 없고 플라스틱 컵에 따른 물 한 잔을 밤새 나눠 마셨다. 대학생이 눈치채기 전까지 여자가 거기에 있는 걸 아무도 몰랐다.

"괜찮으세요?"

대학생이 물었다. 여자는 들었는지 못 들었는지 꼼짝을 안 했다. 카페에는 몸만 있고 영혼은 다른 데로 빠져나간 듯했다. 대학생은 자비로 결제한 핫초코 한 잔을 여자가 앉은 테이블에 놓았다. 그가 퇴근할 때 보니 여자는 벌써 나가고 없었다. 핫코

초에는 입도 대지 않은 듯 식은 핫초코는 여전히 잔에 가득했다.

광장을 헤매는 여자를 알아보는 사람이 또 있었다. 여자의 대학 동창생이었다. 동창생은 여자의 손을 잡고 어쩌다가 이 꼴이 됐냐고 안타까워했다.

"낯빛이 왜 이래, 아픈 거야? 연락은 왜 안 됐던 건데? 약혼남이 잘못됐다는 소문 있던데, 아니지?"

정신없이 질문이 쏟아졌다. 여자는 피부가 창백해졌다. 잡힌 손목을 빼려는데 동창생이 놓아주지 않았다. 동창생이 버럭 소리를 질렀다.

"말을 해야 알지. 도대체 뭔 일이야?"

"옐로우시티!"

목구멍에 걸린 복숭아씨를 뱉어내듯 여자가 외쳤다. 여자가 광장을 떠나지 못하는 이유는 옐로우시티로 들어가는 입구가 광장 어딘가에 있다고 믿었기 때문이었다.

*

    소영이 광장에 도착한 건 오후 두 시가 넘어서였다. 약속 장소인 카페에 신 피디는 없었다. 조연출은 전화를 받지 않았다. 피디 말 한마디면 하루아침에 내쳐질 수도 있는 게 프리랜서 방송작가였다. 소영은 다혈질에 술 좋아하고 마음에 안 드는 게 있으면 냅다 들이박고 보는 신 피디가 어려웠다. 신 피디와는 봄 개편 때부터 육 개월 가까이 일하고 있었지만 한 팀이라는 소속감은 들지 않았다.

    삼 년 넘게 맡아 해오던 심야 토론 프로그램에서 잘렸다. 소영이 왜 일을 그만둬야 하는지 제대로 된 답을 내놓는 사람은 없었다. 기약 없이 방송을 쉬었다. 씀씀이를 줄이고 엄마한테 보내던 용돈을 끊고 전세를 빼 월세로 옮겼다. 돈은 곧 생존이 걸린 문제였다. 그게 신 피디가 내민 손을 동아줄이라도 되는 것처럼 덥석 잡은 이유였다. 잠이 덜 깬 채 전화를 받은 신 피디는 촬영 시간 변경된 거 잊

었냐고 되물었다. 소영은 연락을 못 받았다고 대꾸
했다. 신 피디는 본인이 직접 전화로 알렸다고 우
겼다. 소영은 착각한 것 같다고 죄송하다고 말하고
서둘러 전화를 끊었다. 신 피디는 종종 자신의 실
수나 착각 혹은 잘못을 소영에게 떠넘겼다.

제보자는 카페에 없었다. 야간 근무자니 출근 전
인 게 맞았다. 소영은 아메리카노에 베이글을 주문
하고 창가에 자리를 잡았다. 카페는 여자가 자주
출몰하는 곳이었다. 카페 곳곳을 훑어보았다. 여자
가 서 있었을지 모를 모퉁이와 계단, 출입문의 원
목 손잡이를 오래 봤다.

"그 여자, 작가님이랑 좀 닮았어요."

조연출이 한 말이었다. 소영은 여자를 직접 본
적이 없었다.

"어디가?"

조연출은 말로 표현하기 힘들었던지 여자의 얼
굴이 클로즈업된 장면을 찾아서 보여주었다. 소영
은 여자의 얼굴 어디가 자신을 닮았는지 알 수 없

었다. 가면을 쓴 것처럼 무표정한 인상이 그나마 비슷했다. 소영은 화장실에 가서 입꼬리를 올리고 웃어보았다. 웃는 얼굴도 여자와 닮았을지 궁금해졌다. 여자가 웃는 모습은 한 컷도 잡히지 않았다.

베이글을 한 입 베어 무는데 조연출한테서 전화가 왔다. 소영은 음식물을 서둘러 씹어 삼키고 전화를 받았다. 조연출은 밤을 새우고 사우나에서 씻느라 전화를 못 받았다며 한 시간 뒤에 출발한다고 알려주었다.

"피디님이 밤도 늦었고 직접 연락하신다고 절대 연락 말라고 하셔서요."

신 피디가 의도적으로 연락을 안 한 게 확실해졌다.

"저라도 몰래 문자 남길 걸 그랬어요."

조연출은 몹시 미안해했다. 소영은 괜찮다고 따로 볼 일이 있다고 조연출을 안심시켰다.

신 피디는 정규직이 아닌 것들은 열흘에 한 번씩 기를 죽여 놔야 한다고 대놓고 말하고 다녔다. 그래야 시키는 대로 일을 잘한다는 것이다. 계약직

중에서도 유달리 소영을 미워해 틈만 나면 괴롭혔다. 서브 작가들 앞에서 메인 작가인 소영이 내놓는 의견을 무시한다든지, 소영만 빼고 단톡방을 따로 만들어 공지를 올리는 식이었다. 신 피디의 횡포는 날이 갈수록 심해졌지만 이런 유치한 방법까지 쓸 거라곤 미처 생각을 못 했다.

신 피디가 그럴수록 소영은 일에 매달렸다. 그동안 취합해서 정리해 놓은 자료를 다시 훑었다. 여자는 결혼식을 얼마 남기지 않고 약혼자를 잃었다. 정황상 자살일 가능성이 컸다. 여자는 약혼자가 자살할 이유가 없다고 철저하게 수사해달라고 요구했다. 경찰은 사건 발생 열흘 만에 단순 자살로 수사를 마무리했다. 여자는 일인시위를 시작했다. 미세먼지가 기승을 부려도 비바람이 부는 날마저 빠지지 않고 광장에 나갔다. 건강을 해칠 것을 걱정한 여자의 어머니가 광장에 못 나가게 하면서 문제가 생겼다. 처음에는 거짓말을 하고 몰래 나가다가 나중에는 붙잡는 어머니를 밀어서 넘어트리고 뛰쳐나갔다. 자매들은 여자에게 불만이 많았다. 시간이 지날수록 여자는 점점 더 광장에 집착했다. 밤이 되어도 떠나려 하지 않을 정도였다. 그즈음 갑자기 어머니가 돌아가셨다. 장례식 중에도 여자는 피켓을 들고 광장을 헤매고 다녔다. 자매들은 여자와 연을 끊었다. 이제 여자를 찾는 사람은 아무도 없었다.

테이블에 올려놓은 핸드폰이 가볍게 떨렸다. 소영은 승윤의 어머니가 보내온 메시지에서 눈을 떼지 못했다. 소영과 승윤은 오랜 연인 사이였다.

– 소영아, 승윤이가 오늘 밤을 넘기기 어려울 것 같다는구나.

뺑소니차 사고를 당한 승윤은 의식 없이 병원에 누워 있었다. 소영은 가끔 승윤이 그냥 죽었으면 하고 바랐다. 승윤이 하루라도 빨리 고통에서 벗어날 수 있기를 바라서였다. 사실 승윤은 어떤 감각도 느낄 수 없는 상태였다. 아픈 건 소영이었다. 고통에서 벗어나고 싶은 것도 소영이었다. 승윤이 죽었을 때 가장 상처받을 사람 또한 소영이었다.

– 언제 올 거니?

– 촬영 마치는 대로 갈게요.

소영은 문자를 보내면서 촬영이 영영 끝나지 않았으면 좋겠다고 생각했다. 이 밤이 계속되는 한 승윤은 살아 있을 것이고, 마지막으로 하려던 말이 무엇이었는지 들을 기회도 남았다.

소영은 여자를 촬영한 영상을 재생했다. 건널목 앞에 서 있던 여자가 고개를 돌리고 카메라를 쳐다본다. 여자가 카메라를 정면으로 응시한 건 그 장면이 유일했다. 땀구멍까지 또렷하게 보일 만큼 여자와 카메라의 거리가 가까웠다. 여자는 쉬지 않고 뭔가를 중얼거렸다. 소리가 작아서 도통 무슨 말인지 알아들을 수 없었다. 소영은 그 영상을 반복해서 돌려봤다. 입 모양만 가지고 무슨 말을 하는지 알아내는 게 쉽지 않았다. 소영은 포기를 몰랐다. 그렇게 해서 알아낸 단어가 옐로우시티였다. 옐로우시티라면 승윤이 혼수상태에 빠지기 직전 다녀왔다던 정체불명의 도시였다. 소영은 혼자서 옐로우시티,라고 발음해보았다. 서늘한 기운이 가슴을 훑고 지나갔다. 소영은 한기를 느꼈다. 환절기라 일교차가 컸지만 낮에는 그리 춥지 않았다. 더구나 지금처럼 햇살이 가득한 카페 창가에 앉아 있으면 더울 지경이었다. 벗어둔 재킷을 챙겨 입으려다 말고 창밖을 내다봤다. 잿빛이 되어버린 원피스를 입은 여자가 걸어가는 게 보였다. 여자는 영상에서 봤던 것과 똑같이 생겼다. 소영은 무작정 카페에서 뛰어나갔다.

여자를 뒤쫓아서 공연장 안으로 들어갔다. 객석이 오백 석쯤 되는 중극장이었는데 무대 세트업 작업이 한창 진행 중이었다.

"누구세요?"

분장실에 들어가려는 소영을 크루들 중 한 사람이 제지하고 나섰다. 극장에서 쫓겨난 소영은 입구에서 여자를 기다렸다. 어디선가 타는 냄새가 났다. 여자를 뒤쫓는 내내 소영은 매캐한 냄새를 맡았다. 그래서인지 두통이 심했다. 한참이 지나도 여자는 나오지 않았다. 여자를 찾는 걸 포기하고 승강기를 타러 갔다. 어느새 분장실에서 나온 여자가 푸드코트로 가는 게 보였다. 소영은 다시 여자를 뒤쫓았다. 중식당 주방으로 들어가는 걸 보고 바로 뒤따라 들어갔는데 웬일인지 여자는 사라지고 없었다. 주방에서 쫓겨난 소영의 눈에 비상구를 열고 밖으로 나가는 여자의 뒷모습이 보였다. 여자는 주차장을 뱅글뱅글 돌아 밖으로 나갔다. 출구는 광장과 연결되어 있었다. 소영은 눈앞에서 여자를 놓쳤다. 농성을 위해 설치해 놓은 천막에 들어가는 걸 분명히 봤는데 감쪽같이 사라진 것이다. 여자를 놓친 건 검은 안개 때문이었다. 소영이 광장에 도착했을 때만 해도 안개는 짙지 않았다. 그러던 것이 갑자기 심해져 지금은 가시거리가 불과 몇 미터 밖에 되지 않았다. 바람이 제법 쌀쌀해졌다. 팔짱을 끼고 몸을 잔뜩 움츠렸다. 그만 돌아갈까? 잠시 고민하던 소영은 여자가 그랬던 것처럼 광장 주변을 느리게 걸었다. 조금만 더 찾아보고 그래도 못 찾으면 그때 돌아가자 싶었다. 이렇게 걷다 보면 여자를 만날 수 있지 않을까? 막연한 기대를 품었다.

승윤은 은폐된 억울한 죽음에 관한 기획 기사를 꾸준히 쓰고 있었다. 그는 기자로서 사명감이 투철했다. 데스크가 던져주는 받아쓰기 기사는 단호히 거부하고 직접 발로 뛰며 취재형 기사만 썼다. 승윤은 틈만 나면 광장에 나가서 억울한 사연을 가진 사람들의 얘기를 경청했다. 그 과정에서 얻은 소스를 취재해서 기사를 썼다. 소영은 일 중독인 승윤에게 애교 섞인 투정을 가끔 했지만 옳은 일을 하는 그가 자랑스러웠다.

'지금 가겠다고? 곧 영화 시작인데?'

심야 영화를 보기로 하곤 갑자기 취재원을 만나러 간다는 데 소영은 화가 치밀었다. 승윤은 영화가 끝나기 전에 돌아오겠다고 말했다. 연애 영화를 보자고 해서 승윤이 이러나 싶기도 했다. 승윤이 정색하고 중요한 일이라는데 안 보내줄 수 없었다.

'늦지 마. 나 안 기다릴 거야.'

승윤은 제시간에 극장에 오지 않았다. 소영은 기다리지 않겠다고 했지만 대기실에 앉아 승윤을 기다렸다. 그는 늦더라도 꼭 올 것이다. 약속을 어기는 사람이 아니었다.

승윤이 뺑소니차에 치였다는 구급대원의 연락을 받고 병원에 갔다. 응급실에 제일 먼저 도착한 건 소영이었다. 승윤은 뇌출혈이 심해서 수술을 앞두고 있었다. 지방에 있는 승윤의 부모님을 대신해 소영이 수술동의서에 사인했다. 수술실에 들어가기 직전 승윤의 의식이 잠시 돌아왔다.

'옐로우시티에 갔었어.'

잠결인 듯 어눌하게 말했다.

'어디를 갔다고?'

'소영아, 약속…… 해줘. 내가, 못 깨며…… 날 보러…… 꼭 할 말이…….'

그것이 승윤의 마지막 말이었다. 수술은 성공적

이었지만 그는 다시 깨어나지 못했다. 우리나라에 옐로우시티라는 지명의 도시는 없었다. 구글링을 해봐도 마찬가지였다. 의식이 없는 승윤의 손을 잡고 물었다.

'승윤 씨, 도대체 옐로우시티는 어디에 있는 거야?'

사람은커녕 풀 한 포기 살 수 없는 사막, 작열하는 태양 아래 승윤이 혼자 서 있는 꿈을 종종 꾸었다. 그런 날이면 종일 가슴이 찢어질 듯 아팠다.

아무 생각 없이 걷다 보니 처음 보는 낯선 거리가 나왔다. 거리 전체에 폐업한 식당에서 나온 중고주방용품이 인도를 넘어 차도까지 쌓여 있었다. 광장 주변에 이런 곳이 있는 줄 미처 몰랐다. 소영은 각양각색의 냉장고와 플라스틱 의자, 식기건조기를 요리조리 피해가며 걸었다. 허름한 빌딩이 눈에 띄었다. 건물 외벽에 붙은 변호사 사무실 간판이 위태롭게 흔들렸다. 그것이 어떤 신호처럼 읽혔

다. 소영은 살며시 건물 안으로 들어갔다. 로비는
아담했다. 빈티지 소파와 그림, 다양한 종류의 화
분으로 공간을 잘 꾸몄다. 로비 한켠에 있는 카페
에서 풍겨오는 커피 향이 좋았다. 소영은 폐부 깊
숙이 공기를 들이마셨다. 커피를 진하게 한 잔 더
마셔야겠다. 그러면 정신이 좀 맑아지겠지. 승윤의
사고 이후 불면증이 심해졌다. 요즘은 수면제도 듣
지 않아 밤을 꼬박 새우기 일쑤였다. 커피는 불면
증에 해로웠지만 마시지 않으면 일상생활이 어려
웠다. 카페로 가는 소영을 제복을 입은 경비가 막
아섰다.

"어디 오셨어요?"

소영은 변호사를 만나러 왔다고 대답했다.

"14층입니다."

소영은 에스프레소를 사 들고 엘리베이터를 타
러 갔다. 엘리베이터는 총 두 대였는데 전부 14층
에 멈춰 있었다. 커피를 한 모금 마셨다. 커피는 생
각보다 더 맛있었다. 광장에 나올 일이 있으면 커

피는 여기서 마셔야겠다고 소영은 생각했다. 커피를 다 마시도록 엘리베이터는 내려오지 않았다. 아무래도 고장인 듯했다.

어느새 카페로 돌아가야 할 시간이었다. 소영은 발걸음을 재촉해서 빌딩을 나왔다. 사람들이 빌딩 앞에 잔뜩 모여서 옥상을 쳐다보고 있었다. 처음에는 하얀 보자기가 바람에 날리는 줄 알았다. 가속도가 붙은 흰 물체는 굉음을 내며 주차된 차 위에 떨어졌다. 소영은 비명을 질렀다. 가슴이 마구 뛰었다. 등허리로 식은땀이 흐르는 게 느껴졌다. 보이지 않는 손이 목을 조이는 듯 숨이 막혔다. 소영은 들이쉰 숨을 뱉어내지 못하고 헉헉거렸다. 공황 발작이었다. 소영은 쭈그려 앉아 어서 이 시간이 지나가길 바랐다. 발작이 오면 행복했던 기억을 떠올려보세요. 약 복용을 거부하는 소영에게 의사가 한 말이었다. 소영은 눈을 감았다.

벚나무 꽃망울이 한창 움트던 봄날의 휴일, 읽고 싶은 책을 싸 들고 한강으로 소풍을 갔다. 강변에

돗자리를 깔았다. 승윤은 소영의 무릎을 베고 누워 잠이 들었다. 소영은 승윤의 눈이 부실까 봐 손부채를 만들어 햇살을 가렸다. 공원을 산책하고 서점에서 책을 고르고 음식 재료를 사다가 밥을 해 먹고 버려진 고양이를 돌보는 게 두 사람의 데이트 코스였다. 친구들은 밋밋한 연애라고 했지만 소영은 그런 소소한 연애가 좋았다. 그들이 다투는 이유는 정해져 있었다. 승윤은 소영이 형편 때문에 포기했던 로스쿨에 진학하길 바랐다. 하지만 소영은 그럴 생각이 없었다. 소영의 불만은 여행을 자주 못 간다는 것이었다. 그녀는 백사장에 앉아 지평선 너머로 해가 지는 걸 보길 좋아했다. 세계의 아름다운 해변을 찍은 관광엽서를 모으는 게 취미였는데 언젠가는 그 모든 해변을 가보는 게 그녀의 꿈이었다.

겨우 몸을 추슬러 카페에 도착했는데 아무도 없었다. 소영이 앉았던 창가 자리에는 연인으로 보이는 남녀가 앉아 있었다. 재킷, 가방, 노트북이 통째로 사라졌다. 직원들은 소영의 짐에 대해 아는 바가 없었다. 조연출이 짐을 챙겼는지 물어보려고 전화를 걸었다. 조연출은 근처 식당으로 자리를 옮겼다고 알려줬다. 혹시 창가 자리에 있던 짐을 챙겼냐고 물었다. 조연출은 무슨 짐을 말하는 거냐고 되물었다. 소영은 아무것도 아니라고 대꾸하고 전화를 끊었다. 도둑맞은 게 분명해졌다. 다른 건 괜찮지만 노트북은 어떻게든 찾아야 했다. 일단 카드 분실 신고부터 했다. 카드사와 통화를 끝내기가 무섭게 신 피디한테 문자가 왔다.

 –김 작가 서두르지 말고 천천히 와 천천히. 급한 일 있으면 안 와도 되고. 새끼 작가들이랑 해도 충분하거든.

 식은땀이 났다. 정제된 문장에 가시가 숨어 있었다. 자신이 없이도 충분하다는 경고 문자였다. 노트북을 찾겠다는 생각은 일단 접고 식당으로 뛰었다. 신 피디는 설렁탕 국물에 소주를 마시고 있었다. 소영이 인사를 하는데 받아주지도 않았다.

"왜 왔어? 오지 말라는데."

소영은 뭐라 말도 못 하고 고개를 깊게 숙였다. 엄청나게 큰 잘못을 저지른 기분이었다. 소영은 신 피디 앞에만 서면 주눅이 들어 말을 잘하지 못했다. 신 피디는 승윤의 대학 선배였다. 실력도 신의도 없는 신 피디는 비굴하게 방송국에서 버텼다. 반골 기질이 강한 데다 후배 기자들의 신임까지 두터운 승윤은 보도본부장의 눈엣가시였다. 본부장은 신 피디를 통해 승윤을 누르려 했다. 결과는 신 피디의 완패로 끝났다.

신 피디가 대뜸 소주잔을 들이밀었다. 소영은 엉겁결에 잔을 받았다.

"늦지 말고. 잘 좀 하자, 응?"

소영은 두말하지 않고 소주를 한입에 털어 넣었다.

"얼굴이 왜 그래? 핏기라곤 없이."

빈 잔을 신 피디한테 돌려주고 술을 따라주었다. 술잔이 몇 번 더 왔다 갔다 했다. 신 피디가 마신

술의 양은 이미 반주를 넘어섰다.

"뭐든 단순하고 명료한 게 좋잖아. 안 그래? 이
번 아이템만 해도 그렇지. 결혼식 직전에 약혼자가
자살해. 신혼집 마련하려고 거래처에서 뒷돈 받은
게 문제가 된 거지. 여자가 얼마나 슬퍼. 약혼자가
나랑 살 집 구하려다 죽었는데. 약혼자는 죽어서
차가운 땅에 묻혔는데 혼자 따뜻한 방에서 잘 수
있어? 아니지. 그러면 나쁜 년이지. 그래서 여자가
광장을 헤매는 거잖아. 이게 순애보가 아니고 뭐
야."

소영은 과장되게 고개를 끄덕였다. 약혼자가 뇌
물을 받았다는 건 회사의 일방적인 주장일 뿐이라
는 말은 꺼내지도 않았다. 신 피디의 얼굴이 좀 누
그러졌다. 신 피디는 아이템 선정 기준이 명확했
다. 사회적 논란은 피하고 시청률이 나올 법한 선
정적인 내용이어야 했다. 소영은 신 피디의 입맛에
맞게 제보를 취사선택해서 받았다. 사전 인터뷰를
통해 신 피디가 원하는 대로 사건을 재구성하기도

했다. 제아무리 돈 때문에 하는 일이라지만 양심에 걸리지 않는 건 아니었다.

승윤은 아무리 사소한 제보 전화라도 성심성의 껏 경청했다.

'우리한텐 일이지만 저 사람들은 생존이 걸린 문제야. 내 얘기에 귀 기울여줄 단 한 사람만 있어도 사람들은 쉽게 삶을 포기하지 않아.'

승윤의 말이 돌덩이가 되어 가슴을 짓눌렀다. 사고 이후 한동안 꺼놓았던 승윤의 핸드폰을 켰다. 기다렸다는 듯이 전화가 왔다. 안성인가 안산인가에 있는 공장에서 안전 장비도 없이 위험한 화학약품을 만지는 일을 외국인 노동자들한테 시킨다는 제보 전화였다. 그래서 많은 사람이 몹쓸 병에 걸렸고 죽은 사람도 여럿이라고 했다.

'경찰에 신고하세요.'

소영은 그렇게 말하고 전화를 끊었다. 자신의 고통이 너무 커 다른 사람의 고통을 들어줄 여력이 없었다. 그런 전화가 하루에도 여러 통이 왔다. 소영은 핸드폰을 승윤의 어머니에게 맡겼다. 승윤의 어머니는 쉼 없이 오는 제보 전화를 최선을 다해 받았다. 그 사람들의 하소연을 들어주면 아들이 깨어나기라도 할 것처럼.

"김 작가, 주방 가서 김치 더 받아와. 겉절이가 맛있네."

또 시작이었다. 서빙 하는 분에게 말하면 될 일을 굳이 소영을 지목해 시키는 이유야 뻔했다. 승윤에게 뭉개진 자존심을 조금이라도 회복하려는 발버둥이었다. 그걸 알기에 그나마 참아낼 수 있었다.

"제가 다녀올게요."

조연출이 빈 그릇을 들었다. 신 피디는 눈으로 레이저를 쏘았다. 조연출은 어물쩍 자리에 앉았다. 못난 사람. 승윤은 신 피디를 그렇게 불렀다. 소영은 끓어오르는 감정을 누르고 밝게 말했다.

"김치 말고 뭐 더 필요한 건 없으세요? 시금치나 물도 맛있던데 더 달랠까요?"

신 피디는 소주병을 들고 돌아다니며 스태프에게 일일이 술을 따라줬다. 촬영을 온 건지 회식을 온 것인지 모르겠다. 술잔을 비우는 스태프는 없었다. 신 피디는 촬영이 시작되기 전에 취해서 사라질 테지만 스태프들은 남아서 촬영을 해야 했다. 식당서 술 마시다가 여자가 출몰하는 시간에 맞춰 카페에 가는 게 신 피디의 계획이었다. 애초에 시간 맞춰서 카페에서 만나면 될 것을 다들 불만이 많은 표정이었다. 신 피디한테 중요한 건 촬영이 아니라 술이었다. 방송국 사람 아니면 술친구도 없는지 휴일도 없이 불러내는 통에 조연출은 하루가 다르게 다크서클이 진해졌다.

설렁탕 국물을 몇 숟가락 떠먹었다. 속이 좋지 않았다. 종일 제대로 된 식사를 못 했다. 아침은 습관처럼 굶었고 점심은 베이글로 때웠다. 커피만 두 잔 마셨다. 그 기운으로 지금껏 버틴 셈이었다. 신 피디가 소주병을 들고 옆에 와 앉았다. 소영은 소주잔을 들었다. 신 피디는 소주잔을 들고 있는 소영의 손을 슬쩍 잡았다. 불필요한 터치였다. 소영은 자신도 모르게 인상을 구겼다.

"빼지 말고 마셔. 그 정돈 마시잖아."

신 피디는 소영이 술을 다 마실 때까지 옆에 앉아 지켜보았다.

"승윤인 좀 어때?"

"……"

신 피디는 혀를 찼다.

"김 작가가 고생이지. 결혼한 것도 아닌데 코가 꿰서는. 남들 눈치 보지 말고 이쯤에서 그만둬. 그게 김 작가가 사는 길이야. 내 말 야속하게 듣지 마. 다 김 작가 생각해서 하는 말이니까."

소영은 주먹을 움켜쥐었다. 한 대 치고 싶은 충동을 눌러 참았다. 생각해주는 척하며 승윤에게도 저런 말을 했겠지. 승진이란 당근도 흔들었을 것이다. 신 피디가 승윤을 회유하는 데 실패하자 본부장은 승윤을 방송국에서 쫓아낼 궁리까지 했다. 공산품을 찍어내듯 길들여둔 기자들이 생각이란 걸하게 되고 데스크의 지시를 따르지 않게 될 것을 본부장은 가장 두려워했다.

"김 작가."

신 피디가 은근하게 불렀다.

"뺑소니범 단서 나온 거 없지?"

보통은 '단서 나온 거 없어?'라고 물었다. 한 끗 차인데 뉘앙스가 묘했다. 꼭 단서를 찾지 못하길 바라는 사람 같았다.

뺑소니 사고 목격자를 찾는다는 현수막은 아직 거리에 그대로 걸려 있었다. 소영은 시간이 날 때 마다 사고 현장을 찾아갔다. 근처 상가를 돌며 목격자가 없는지 묻고 다녔다. 노력에도 단서는 나오지 않았다. 전단을 돌리다가 울음이 터졌다. 그날, 소영은 밤이 늦도록 자리를 뜨지 못했다. 인적이 끊긴 4차선 도로를 하염없이 바라보았다. 승윤은 왜 연고도 없는 이곳에 왔다가 사고를 당한 것일까? 꽁초도 함부로 버리지 않을 만큼 반듯한 사람이 무단횡단을 한 데는 그만한 이유가 분명히 있을 것이다. 무엇을 본 것일까? 누굴 잡으려고 한 걸까? 그것에 대해 오래 생각했지만 해답을 찾을 순 없었다. 승윤의 핸드폰을 열면 많은 정보를 알 수 있을 텐데, 소영은 비번을 알지 못했다. 기념일과 생일을 조합해 만든 번호는 다 틀렸다. 핸드폰이 완전히 잠길 것이 걱정돼 더는 비번을 풀려 하지 않았다.

"단서 있어, 없어? 답답하게 왜 말을 안 해. 내가 승윤이가 걱정돼서 그래."

"걱정 감사한데요, 이제 안 하셔도 돼요. 승윤 씨, 조만간 깨어날 거래요. 낮에 어머님이 전화하셨어요. 그렇게 되면 범인도 잡히겠죠."

소영은 간절한 소망을 담아서 거짓말을 했다.

"뭐? 승윤이가 깨난다고? 거짓말이지. 병원에서 가망 없다고 했잖아."

"깬다고요, 오늘 밤 안에. 의사가 그렇게 말했다잖아요. 신 피디님은 승윤 씨가 안 깼으면 좋겠어요?"

"김 작가, 못 하는 소리가 없어. 내가 승윤이가 깨나길 얼마나 바라는데 말 같잖은 소리 마."

소영은 자리를 박차고 일어났다. 머리가 핑, 돌았다. 소주 반병에 취할 주량은 아닌데 몸이 약해진 모양이었다.

"왜? 뭘 어쩌려고. 한 대 치려고?"

신 피디는 깜짝 놀라 물었다.

"비켜요, 화장실 가게요."

소영은 구역질이 나서 급하게 화장실에 갔다. 소주와 설렁탕 국물이 조금 나오고 헛구역질만 났다. 입안을 헹구고 손을 씻었다. 손에서 누린내가 사라지지 않아 비누칠을 여러 번 더 했다. 현기증에 몸이 휘청거렸다. 소영은 세면대를 잡고 겨우 버텼다. 주머니에 넣어 둔 핸드폰이 진동했다. 승윤의 어머니한테서 온 전화였다. 전화를 받으려는데 끊겼다. 소영이 바로 전화를 걸었다. 무슨 이유에선지 승윤의 어머니는 전화를 받지 않았다.

어디선가 탄내가 났다. 소영은 냄새의 근원을 찾

아 두리번거렸다. 끼익 소리를 내며 화장실 문이 열리더니 안에서 여자가 나왔다. 손등으로 눈을 비볐다. 다시 봐도 여자가 분명했다. 겨우 몸을 추스른 소영이 여자를 뒤따라 나갔다. 식당은 사람들로 붐볐다. 그새 여자는 사라지고 보이지 않았다. 계산대를 지키던 직원이 좀 전에 어떤 여자가 밖으로 나갔다고 알려줬다.

"작가님."

정신없이 식당을 나가는 소영을 조연출이 불렀다. 소영의 귀에는 아무것도 들리지 않았다. 여자를 잡아야겠다는 생각뿐이었다.

광장에 검은 안개가 잔뜩 끼었다. 흡사 밤 같다. 검은 안개 때문에 사람들은 검은 가면을 쓴 것처럼 얼굴이 새카맸다. 새카만 얼굴 어딘가에 눈이 있겠지. 그 생각만 해도 소름이 돋았다. 소영은 사람들 눈을 똑바로 바라보지 못했다. 코나 입을 쳐다보고 대화를 나눴다. 승윤이 사고를 당한 직후부터였다.

피 흘리며 죽어가는 승윤을 두고 도망친 **뺑소니범**이 이 사람일까? 보는 사람마다 그런 생각이 들었다. 사람이 무서워 한동안 외출을 피했다. 해가 지면 광장은 다양한 목소리를 내는 사람들로 발 디딜 틈 없이 가득 찰 것이다. 그전에 여자를 찾고 싶었다. 알싸하고 메케한 냄새가 코를 찔렀다. 여자 근처에만 가면 탄내가 났다. 이상하게 다른 사람들은 그 냄새를 맡지 못했다. 하이힐이 또각거리는 소리가 들려왔다. 멀지 않은 곳에 여자가 있는 게 분명했다. 소영은 여자를 찾아 두리번거렸다. 각종 소음 속에서 하이힐 소리가 점점 가까워졌다. 또각, 잠시 쉬다가 또각, 그리고 또각. 하이힐을 한 짝만 신은 여자가 절뚝거리며 저만치 앞서 걷고 있었다.

소영은 여자의 뒤를 쫓았다. 여자와 가까워질수록 몸이 이상해졌다. 맥이 빠지고 기운이 없어지면서 의식이 몽롱해졌다. 가슴이 답답하고 나른하더니 졸렸다. 들불이 번져오는 들판 한가운데 서 있는 것처럼 몸이 뜨거워졌다. 가슴이 두근거렸고 겨

드랑이에 땀이 찼다. 환영처럼 눈꼬리가 치켜 올라
간 매서운 눈매가 보였다. 눈동자는 칠흑처럼 까만
데 흰자위가 혼탁해서 음침한 분위기를 풍겼다. 얼
굴은 새카매서 보이지 않고 푸르스름한 불빛을 내
는 눈만 또렷했다. 기괴한 모양의 눈이 여러 개 더
나타났다. 처진 눈, 동그란 눈, 찢어진 눈. 모양과
크기는 모두 제각각이었다. 조롱하는 눈, 감시하는
눈, 원망하는 눈, 슬퍼하는 눈, 분노하는 눈. 어디
서 생겨났는지 모를 수많은 눈이 소영의 주위를 빙
빙 돌았다. 적의를 드러내며 소영을 지켜보는 눈이
섬뜩했다. 소영은 눈앞의 형상이 환영이라는 걸 알
았다. 손을 들어 초파리를 쫓듯이 흔들었다. 환영
이 조각조각 흩어졌다. 겨우 정신이 들었다. 소영
은 낯선 거리에 서 있었다. 고개를 들어 높은 건물
을 찾았다. 이상하게 위치를 알 만한 건물은 보이
지 않았다. 불 꺼진 빌딩이 끝없이 펼쳐졌다.

　소영은 멍해져서 주위를 둘러보았다. 어느새 광
장은 모여든 사람들로 발 디딜 틈 없이 가득 찼다.

하이힐 굽 소리는 들리지 않았다. 냄새도 없었고 몽롱하지도 않았다. 대신 지독하게 목이 말랐다. 침이 말라 혓바닥이 텁텁했고 입술이 붙어서 떨어지지 않았다. 소영은 입가에 말라붙은 찌꺼기를 닦아냈다. 차가운 생수 한 잔이 간절했다. 그 자리에 주저앉고 싶은 걸 간신히 버텼다. 소영은 의지와는 상관없이 사람들에게 떠밀려 갔다. 어디로 가는지 짐작도 가지 않았다. 겨우 인파에서 벗어났다. 처음 보는 낯선 골목이었다. 광장에서 얼마나 벗어난 곳인지 알 길이 없었다. 식당도 카페도 편의점마저 보이지 않았다. 목구멍에 생선 가시가 걸린 것처럼 따끔거렸다. 혓바닥으로 입술을 핥았다. 침이 말라버린 혓바닥은 사포처럼 거칠었다. 입술을 더듬었다. 손가락에 피가 묻어 나왔다. 소영은 빌딩의 출입문이 보일 때마다 밀어보았다. 열려 있는 곳은 없었다. 물이 있을 만한 곳이 떠오르지 않았다. 이럴 때를 대비해서 광장 근처에 개방하는 화장실 위치를 프린트해서 들고 나왔는데 가방과 함께 잃어버렸다.

불이 켜져 있는 건물이 있어 들어갔다. 광장에서 한참 떨어져 있는 한 공기업이었다. 로비에 사람들이 북적거렸다. 소영은 로비 한쪽에 설치된 식수대에 갔다. 종이컵을 대고 꼭지를 밀었다. 물은 한 방울도 남아 있지 않았다. 빈 생수통 여러 개가 굴러다니는 게 그제야 눈에 들어왔다. 저쪽에서 생수를 나눠주고 있었다. 생수를 받으려는 사람들이 길게 줄을 섰다. 소영도 그 끝에 가서 줄을 섰다. 생수를 받아들고 나오는 여자를 본 것은 앞줄에 다섯 명이 남았을 때였다. 소영은 갈등했다. 생수를 받는데는 십 초도 걸리지 않겠지만 여자는 그보다 먼저 사라져버릴 게 분명했다. 소영은 줄에서 빠져나와 뛰었다.

"저기요. 잠깐만요."

소영은 여자의 어깨에 손을 올렸다. 여자가 뒤돌았다. 그 여자는 소영이 찾던 여자가 아니었다. 소영은 결국 생수를 받지 못했다. 앞에 세 명을 남기고 생수가 떨어진 것이다.

겨우 찾은 편의점에 있는 물건보다 없는 물건이 더 많았다. 직원이 진열하기 무섭게 물건이 빠져나갔다. 직원이 말하길 생수는 동이 났고 탄산음료가 좀 남았는데 언제 채워질지 모르겠다고 했다. 소영은 목이 말라 못 기다리고 편의점을 나왔다. 다른 편의점도 사정은 별반 다르지 않았다. 어쩌다 보니 백반을 주로 파는 오래된 식당이 밀집해 있는 골목에 들어왔다. 외진 데다 길이 좁고 미로 같아서 평소에 잘 오지 않는 곳이었다. 소영은 그 골목 끝에 있는 편의점에서 마지막으로 한 캔 남은 맥주를 사들고 나왔다. 선 채로 캔을 땄다. 골목에서 갑자기 쏟아져 나온 한 무리의 사람 중 하나가 소영의 어깨를 치고 지나갔다. 그 바람에 한 모금도 마시지 못한 맥주를 떨어뜨렸다. 죄송합니다. 어깨를 부딪친 사람이 크게 고개를 숙이더니 일행과 함께 그냥 가버렸다. 온몸에서 힘이 빠져나갔다. 소영은 바닥에 주저앉았다. 여기가 어딘지 짐작도 가지 않았다.

마른 장작이 타는 냄새가 바람에 섞여 날아왔다. 소영은 주위을 두리번거렸다. 여자가 절뚝거리며 모퉁이를 돌아가는 게 보였다. 소영은 여자를 따라 뛰었다. 인파가 없어서 뛰는 게 수월했다. 팔을 뻗어 여자의 원피스 자락을 움켜잡았다. 어찌 된 일인지 옷자락이 손끝에서 그냥 빠져나갔다. 술에 취한 듯 몽롱했다. 소영은 정신을 차리려 팔을 꼬집으며 여자의 뒤를 쫓았다. 여자가 막다른 골목으로 들어섰다. 이제 잡았다. 소영은 걸음을 늦췄다. 예상과 달리 여자는 발걸음을 멈추지 않고 건물과 건물 사이의 틈으로 들어가 버렸다. 게걸음으로 한 사람이 겨우 지나갈 정도로 비좁은 틈이었다. 틈 사이는 깜깜해 아무것도 보이지 않았다. 틈에 손을 넣어보았다. 손끝에는 아무것도 잡히지 않았다.

전화가 왔다. 승윤의 어머니 전화라는 것을 확인하는 순간 팔뚝부터 돋아나기 시작한 소름이 귀를 지나 정수리까지 타고 올라왔다. 어떤 예감이 칼날이 되어 뒷덜미를 베고 지나갔다. 섬뜩했다. 진동하는 핸드폰을 쥔 손이 뜨거워졌다. 소영은 천천히 핸드폰을 귀에 가져다 댔다.

"여보세요?"

상대는 말이 없었다.

"어머님이세요?"

"……."

"혹시, 승윤 씨?"

"……."

"승윤 씨! 승윤 씨 맞지?"

고막을 찢을 듯한 잡음이 귀청을 때렸다. 소영은 깜짝 놀라 핸드폰을 손에서 놓쳤다. 당장 옐로우시티에 가야 했다. 시간이 얼마 남지 않았다. 소영은 여자가 사라진 틈새를 노려보다가 천천히 걸어 들어갔다.

한밤중이 돼서야 소영은 광장에 다시 나타났다. 낯빛은 창백했고 입술은 거무스름하게 변했다. 눈동자는 쉴 새 없이 왔다 갔다 흔들렸으며 이가 부딪쳐 달그락거리는 소리를 쉼 없이 냈다. 검은색 슬랙스에는 하얀 가루가 잔뜩 묻었고 블라우스는 단추가 떨어져 가슴골이 훤히 드러났다. 스니커즈 한 짝은 어디서 잃어버렸는지 한 발은 맨발이었다. 소영은 쓰레기더미에서 빨간색 하이힐을 한 짝 주워 신었다. 하이힐은 맞춘 것처럼 발에 딱 맞았다. 소영은 걸을 때마다 심하게 절뚝거렸다.

또각, 또각.

낮에 왔던 빌딩 앞에 섰다. 젊은 여자가 투신한 자리는 깨끗이 치워져 있었다. 망가진 자동차는 사라지고 없었다. 건물 외벽에 붙은 변호사 사무실 간판에 불에 들어왔다 나갔다 깜박거렸다. 로비는 낮과는 판이했다. 20세기에 지어진 듯 건물은 낡았다. 대형 거울은 흉측하게 깨졌고 벽은 손가락이 들어가게 금이 갔다. 오랫동안 청소를 안 한 듯 천장은 거미줄이 잔뜩 엉켰고 고약한 악취가 풍겼다. 공사를 하다 만 듯 벽면에 철근이 그대로 노출되었다.

"잠깐만요."

어두운 안색 보랏빛 입술의 경비가 방명록 작성을 요구했다. 경비는 도통 산 사람 같지 않았다. 소영은 이름과 연락처를 적고 한참을 망설였다. 방문 목적을 뭐라고 써야 할지 몰라서였다. 잠시 후 법률 상담이라고 적었다.

"변호사 만나러 왔어요?"

경비는 쉰 목소리에 구취가 심했다.

"네."

"관둬요. 만나 봤자 돈만 날리지 별수 없으니까. 안에 있는 사람 살리고 싶으면 누구든 빨리 불라고 해요. 병신 되거나 죽기 전에."

소영은 뭐라 대답하지 못하고 머뭇거렸다. 섬광이 번쩍 빛나는 것과 동시에 천둥소리가 빌딩을 흔들었다. 가을비답지 않게 세차게 쏟아졌다. 경비는 다급하게 서랍에서 우산을 꺼내 썼다. 소영은 손을 들어 실내에 비가 새는지 확인했다. 천장은 멀쩡했다. 교복을 입은 소녀가 건물 안으로 쫓아 들어왔다. 소녀는 실내로 들어서자마자 빨간 우산을 펼쳤다. 건물도 사람도 전부 기괴했다. 소영은 서둘러 그 자리를 떠났다. 엘리베이터는 14층에 멈춰서 움직이지 않았다. 낮에도 그러더니 아직 수리가 끝나지 않은 듯했다. 소영은 올라가는 버튼을 반복해서 눌렀다. 빨간 우산을 쓴 소녀가 방명록 작성을 마치고 엘리베이터를 타러 왔다.

"고장인가 봐요. 아까부터 안 내려와요."

소영은 억지로 웃었다. 엘리베이터에 비친 소영의 얼굴이 기괴하게 일그러졌다.

"수십 년을 오르내리는데 이 정도 기다리는 걸 가지고 뭘 그러세요."

소녀가 무심히 말했다.

"수십 년이요? 지금 수십 년이라고 그랬어요?"

소녀는 소영의 눈치를 살피며 뒷걸음질 치더니 경비한테 갔다. 두 사람은 뭐라고 대화를 나누면서 소영을 흘끗거렸다. 엘리베이터는 꼼짝을 안 했다. 그냥 돌아갈까? 소영은 잠시 갈등했다. 여자를 뒤쫓다가 두 번이나 이 건물에 들어왔다. 예사 건물은 아니게 분명했다. 경비가 엘리베이터가 있는 쪽으로 다가왔다. 소녀는 그 뒤를 조용히 따랐다. 그때 삐걱거리는 소리를 내며 비상문이 열렸다. 문 너머에서 손이 불쑥 나오더니 소영의 팔을 잡았다. 힘이 얼마나 센지 끌려나가지 않을 도리가 없었다. 소영을 비상구로 끌어낸 사람은 얼굴이 고운 중년 여인이었다.

"잡혀가고 싶어요?"

"잘못한 게 없는데 제가 왜요?"

"죄짓고 잡혀가는 것보다 죄 없이 잡혀가는 게 더 무서운 세상이라는 걸 왜 몰라요."

소영은 중년 여인이 무슨 소릴 하는지 도통 알아들을 수가 없었다. 중년 여인이 갑자기 도와준 게 고마우면 껌을 사라고 했다. 소영은 지갑에서 만원짜리 지폐 한 장을 꺼내 주었다. 중년 여인은 에코백에서 커피 껌, 아카시아 껌, 풍선 껌을 꺼내더니 소영의 손에 쥐여주었다.

"맛있어요. 씹어봐요."

소영은 커피 껌을 까서 입에 넣었다. 커피 향이 입안 가득 퍼졌다. 소영의 얼굴을 빤히 쳐다보던 중년 여인이 말했다.

"내가 아는 사람하고 똑 닮았어요."

"누군데요?"

"누구긴 누구야, 젊었을 때 나지. 어때, 나랑 같이 안 갈래?"

중년 여인이 덥석 손목을 잡았다. 드라이아이스가 닿는 것처럼 차가웠다. 소영은 중년 여인의 손을 뿌리치고 계단을 뛰어 올라갔다. 중년 여인은 우스워 죽겠다는 듯이 깔깔거렸다. 웃음소리가 비상구를 쩌렁쩌렁 울렸다. 계단을 오르는 게 힘에 부쳤다. 하이힐은 진작 벗어 던졌다. 10층부터는

다리가 바들바들 떨려 한 발짝 떼는 것조차 힘겨웠다. 한여름 아스팔트 위에 서 있는 것처럼 땀이 줄줄 흘렀다. 입술이 부르트고 혓바늘이 돋아났다. 계단을 한 개씩 오를 때마다 일 년씩 늙어가는 듯했다. 과거 속으로 걸어 들어가는 듯 기분이 기묘했다. 죽을 고생을 하고 겨우 14층에 도착했다. 엘리베이터는 누가 타길 기다리듯 문이 활짝 열린 채 멈춰 있었다. 소영은 스티커와 전단이 덕지덕지 붙은 변호사 사무실 문을 두드렸다.

소영은 사무실을 빠르게 훑어봤다. 서류와 잡동사니가 어지럽게 흩어진 책상, 삼단 책꽂이는 책의 무게를 견디지 못하고 활처럼 휘었다. 낡아서 군데군데 벗겨진 인조가죽 소파, 원목 테이블은 손때가 묻어 반들반들했다. 한쪽 구석에 요즘은 보기 힘든 브라운관 텔레비전이 켜져 있었다. 음 소거된 화면에 유럽의 아름다운 자연경관이 펼쳐졌다. 다뉴브강을 따라 흐르는 짙은 강물은 춤추듯 너울거렸다. 커다란 시계가 벽에 걸렸다. 개업 선물인 듯한

데 글씨가 거의 지워져 누가 보낸 건지 제대로 읽는 건 불가능했다. 그런데 시계가 이상하다. 11이 있어야 할 자리에 1이, 10이 있어야 할 자리에 2가 있는 식이었다. 시계는 반대 방향으로 돌아갔다. 백발의 노파가 소파에 앉아 점자책을 읽고 있었다. 그녀는 보풀이 잔뜩 인 자주색 카디건에 유행이 한참 지난 통이 넓은 코듀로이 바지를 입고 있었다.

"아가씨는 연어가 왜 강물을 거슬러 올라가는지 알아요?"

노파는 점자책에서 손을 떼더니 소영을 올려다보았다. 주름과 검버섯이 보기 흉하게 얼굴 전체를 뒤덮었다. 백 살 노인이라고 해도 믿을 만큼 늙었다. 칠흑처럼 검은 눈동자만은 선하게 빛났다.

"산란 때문 아니에요?"

"상상력을 한번 발휘해봐요. 연어는 상류에 도착하면 죽어요. 죽을 걸 알고 가는 길인 거지."

뭐라 답해야 할지 몰라 난감했다. 결국 소영은 잘 모르겠다고 답했다.

"시간을 되돌리고 싶어서 아니겠어요? 알래스카에서의 삶이 생각만큼 만족스러웠던 게 아니었던 거지. 다시 하면 잘할 거 같거든. 그래서 강을 거슬러 오르는 거 아니겠어요? 난 그렇게 생각해요."

노파는 묻지도 않았는데 자기 얘길 풀어놓았다.

"난 이 자리에 앉아 남의 얘길 듣느라 반평생을 보냈어요."

노파는 소송서류를 너무 읽어 눈이 멀었고 오래 앉아 있다 보니 관절이 망가져 걷지 못하게 되었다. 난청으로 보청기 없인 의뢰인의 말을 들을 수 없게 되었다. 소영은 못 보고 못 듣는 변호사가 변론이 가능한지 궁금했다.

"그런 건 중요하지 않아요. 변호사는 변론하는 사람이 아니에요. 들어주는 사람이지. 보청기의 도움을 받을 수 있는 한 난 이 일을 계속할 생각이에요."

노파는 말을 하다 말고 생강 편강을 집어 먹었다.

"내 얘긴 여기까지. 그래, 젊은 아가씨가 무슨 이유로 여길 찾아왔어요? 웬만하면 소송으로 가지 맙시다. 합의라는 좋은 제도가 있잖아요."

소송 때문에 찾아온 게 아니라 광장을 헤매는 여자를 쫓다가 우연이 오게 됐다는 말이 나오지 않았다. 소영은 방송작가라고 자신을 소개했다. 저명한 사회 인사들을 기획취재 중이라고 둘러댔다.

"잘 왔어요. 내가 저명인사는 아니지만 인터뷰에 응할게요."

"변호사님 혹시 강승윤 기자라고 아세요? 젊은 남자 기자거든요."

노파는 고개를 갸웃거렸다.

"그러면 옐로우시티는요? 들어본 적 없어요?"

소영의 질문에 노파가 반응했다.

"잠깐. 이제 기억났어요. 그게 언제였더라. 한 일 년쯤 됐나. 기자가 전화를 걸어서는 좀 전에 말한 그 도시를 아느냐고 물었어요."

승윤은 오래전 노파의 의뢰인이었던 여자를 찾

고 있었다고 한다. 그 여자는 옐로우시티로 들어가는 입구를 알았다.

"기자는 만났어요?"

노파는 고개를 저었다. 승윤은 약속 시간에 나타나지 않았다고 한다.

"아, 책상에 메모가 남아 있을지도 모르겠네요. 난 서류든 메모든 안 버리는 성격이거든요. 다리 때문에 움직이기 힘들어서 그러는데 직접 찾아볼래요."

소영은 잡동사니가 어지럽게 흩어진 책상을 뒤졌다. 소송서류부터 간단한 메모, 점심 메뉴를 적은 쪽지도 있었다. 잡동사니 사이에 액자가 섞여 있었다. 액자를 책상에 반듯하게 세워놓으려던 소영은 액자 속 사진을 보고 평정심을 잃었다.

"승윤 씨랑 내 사진이 왜 여기 있는 거죠?"

"무슨 말이에요? 그 사진은 나와 내 남자친구 사진이에요."

"말도 안 돼."

변호사는 지금 거짓말을 하고 있다. 승윤이 여길 왔었다. 소영은 거기에 진실이 숨어 있기라도 한 것처럼 책상과 서랍을 마구 뒤졌다. 무엇을 찾는지도 모른 체 단서를 찾아 헤맸다. 책꽂이를 뒤지는데 이탈로 칼비노 전집 사이에서 종이 뭉치가 떨어졌다. 카테드랄 비치, 히든 비치, 핑크 샌드 비치, 마호 비치 등을 찍은 관광엽서였다. 소영이 모으는 엽서와 같은 종류였다.

"당신 누구야?"

노파는 그새 귀가 먹어버린 건지 아무것도 듣지 못했다.

"누구냐고?"

소영이 크게 소리쳤다. 그제야 노인은 정신이 돌아왔다.

"난 너야."

"거짓말!"

소영은 액자를 움켜쥐고 사무실을 뛰쳐나왔다. 누가 뒤쫓기라도 하는 것처럼 다급했다. 소영이 엘리베이터에 올라타자 기다렸다는 듯이 문이 닫혔다. 엘리베이터에는 버튼이 없었다. 닫힘, 열림 버튼은 물론이고 층수를 누를 수도 없었다. 엘리베이터는 스스로 움직였다. 엘리베이터는 굉음을 내며 엄청난 속도로 내달렸다. 내부가 심하게 흔들려서 손잡이를 단단히 잡았다. 엘리베이터는 지구의 중심부에 가 닿을 듯 기세를 더 올렸다.

끼익.

지옥을 향해 곤두박질치던 엘리베이터가 드디어 멈췄다. 엘리베이터 문이 서서히 열렸다.

시야 가득 바다가 펼쳐졌다. 뜨거운 태양이 백사장을 바싹 달구었다. 해변에 비치파라솔 한 동이 세워져 있을 뿐 상점은 보이지 않았다. 서핑보드를 타고 있는 남자를 제외하면 해변에 다른 사람은 없었다. 모래를 한 줌 움켜쥐고 맨발로 해변을 걸었다. 고운 모래는 손가락 사이로 줄줄 샜다. 주머니에서 껌을 꺼냈다. 이번에는 풍선 껌을 씹었다. 단

맛이 빠진 껌에 바람을 불어넣었다. 하관을 다 가릴 만큼 큰 풍선이 불어졌다.

슬랙스를 먼저 벗어 던졌다. 단추 때문에 블라우스를 벗는 데는 시간이 좀 더 걸렸다. 속옷 차림이 되어 비치파라솔을 향해 뛰었다. 그녀가 오는 것을 알고 있기라도 한 것처럼 비치 타월과 망고주스가 준비되어 있었다. 소영은 변호사 사무실에서 들고 나온 액자를 넘어지지 않게 테이블 위에 조심스럽게 세워둔 후, 선베드에 누워 망고주스를 마셨다. 때마침 해가 수평선을 넘어갔다. 수평선과 바다가 붉게 타올랐다. 눈 앞에 펼쳐지는 아름다운 광경에 기쁨의 눈물이 흘러넘쳤다. 이곳이 바로 천국이구나. 일몰을 감상하던 소영은 생각했다. 서핑보드를 타던 남자가 장비를 챙겨 소영을 향해 천천히 다가왔다. 해를 등진 남자의 얼굴에 짙은 그림자가 드리웠다. 남자를 빤히 쳐다보던 소영의 입가에 잔잔한 미소가 번졌다.

작가의 말

학창 시절 가까운 이의 두 번의 죽음을 경험했다. 첫 번째는 조건 없는 사랑을 주시던 할머니였고 두 번째는 고등학교 때 가깝게 지내던 친구였다. 할머니는 비교적 평온하게 가셨지만 친구는 그러지 못했다. 누구도 예상치 못한 사고였다. 인자한 모습으로 내 꿈에 소풍을 오곤 하던 할머니와 달리 친구는 단 한 번도 나를 찾아오지 않았다. 친구가 너무 보고 싶어서 꿈에 한 번만이라도 나와달라고 기도했지만 허사였다. 그때 처음으로 옐로우시티와 비슷한 세계가 있었으면 좋겠다고 생각했던 것 같다.

2014년 갈비뼈를 들어내는 큰 수술을 받았다. 유수의 대학병원에서 골육종 진단을 받고 정밀 검사도 하지 않고 바로 수술에 들어갔다. 뼈가 자라는 속도가 빨라서 수술을 서둘러 한 것이다. 수술 후 2주가 지나 정밀 검사 결과를 들으러 대학병원을 찾았다. 진료를 기다리느라 대기실에 앉아 대형 모니터에서 나오는 뉴스를 보았다. 제주도로 수학여행을 가는 학생을 태운 배가 사고가 났는데 전원 무사히 구조됐다는 뉴스가 크게 보도되고 있었다. 그때가 아마 오전 10시가 넘은 시간이었을 것이다. 수술에서 떼어낸 갈비뼈로 진행된 정밀 검사에서 골육종이 아닌 섬유성골이형성증을 진단받았다. 죽었다 살아난 기분이었다. 내 나이에 골육종이 발병한 것이라면 2차 암일 가능성이 높았다. 그래서 골육종 진단받았을 때 아닌 척했지만 사실 난 조금 무서웠었다. 내가 살아난 그날 많은 아이가 하늘의 별이 되었다.

그 후에 옐로우시티를 좀 더 구체적으로 그렸던 것 같다. 여전히 미지의 세계로 남아 있는 심해나 광활하게 넓은 우주를 생각하면 이 세계에서 조금 일찍 떠난 사람들이 모여 사는 곳이 없지 말라는 법도 없다. 그 세계는 이 세계와 비슷하기도 하고 다르기도 하다. 천국에 들어가기 전 그런 세계에서 좀 머문다고 해서 크게 문제될 건 없을 것이다.

이 세계에서 아프게 사라졌다고 해서 다른 세계에서도 아프란 법은 없다. 부디 그곳에서는 평안하길······.

2022년 11월
서경희

옐로우시티

초판 1쇄 발행 2022년 11월 15일

지은이   서경희
펴낸이   서경희
펴낸곳   문학정원

출판등록   제2021-000346호
전 화   070-8065-4766
팩 스   070-8015-6863
전자우편   hiheehoo@naver.com
주 소   서울시 마포구 성지길 25-11 지층 707호 (합정동)

ISBN   979-11-977224-7-9 (03810)